U0465783

谷雨时节，“我”遇见山坡上的歌者胡阿喜

女子养蚕

文杏别院婚礼上的民谣表演

山村的池塘开满荷花，青蛙嬉戏在荷叶间

“苏州婆”走在村道上，村民们表情各异

屈祥芬与姐妹们放竹排阵

四汉子台上演唱《田家乐》，村民们看得津津有味

茶馆里，马金根表演阳美说大书

山林里的一间茅舍，土灶旁的墙上挂着斗笠、蓑衣、竹匾

病房里，年老的阿喜与小满惺惺相惜；窗外，寒梅斗雪

春分，山村一片桃红柳绿

太湖边，新生的芦苇迎风舞动，远处，两个男人并肩漫步

江苏省作协『重点扶持文学创作与评论工程』文学项目

戴军 著

江苏凤凰文艺出版社
JIANGSU PHOENIX LITERATURE AND ART PUBLISHING

图书在版编目（CIP）数据

心谣 / 戴军著 . -- 南京 : 江苏凤凰文艺出版社，2022.11
ISBN 978-7-5594-7068-3

Ⅰ . ①心… Ⅱ . ①戴… Ⅲ . ①散文集 – 中国 – 当代
Ⅳ . ① I267

中国版本图书馆 CIP 数据核字（2022）第 136222 号

心谣

戴军 著

出 版 人　张在健
责任编辑　张　黎　姜业雨
插　　画　陈润楚
装帧设计　张景春
责任印制　刘　巍
出版发行　江苏凤凰文艺出版社
　　　　　南京市中央路 165 号，邮编：210009
网　　址　http://www.jswenyi.com
印　　刷　苏州市越洋印刷有限公司
开　　本　880 毫米 ×1230 毫米 1/32
印　　张　9.5
字　　数　200 千字
版　　次　2022 年 11 月第 1 版
印　　次　2022 年 11 月第 1 次印刷
书　　号　ISBN 978-7-5594-7068-3
定　　价　59.00 元

让我们唱起那些歌

——戴军《心谣》序

汪　政

戴军的新著就要出版了，让我在前面说几句话。在听说了作品的内容之后，我很高兴地答应了，因为我觉得这是个非常好的选题，这方面我本来就有话要讲，正好借戴军的新书说说。

戴军的这本《心谣》写的是宜兴的民谣。过去，我们说文学，经常要分门别类，事实上，也不可能有一样的文学。而在传统的文学中，民间文学一直是个重要的存在，并且对文人文学有着相当大的推动作用。中国最早的诗歌总集《诗经》里的风就是民歌，楚辞也受民歌的影响。魏晋南北朝的民歌更是一时之盛。唐诗宋词那么发达，也还是难掩民歌的光彩。到了明清两朝，民歌不但很盛，而且因地域、音乐有了流派与体式，几乎每个地方都有自己的民歌民谣。民歌民谣的作用怎么夸张都不过分。在教育与书面表达不发达的漫长的历史期，口头创作与传播成为文化产品重要的生产方式，几乎每一种书面产品都有它的口头副本，或者，有另一种属于民间的口头文本。历史、宗教、教育、工艺、农事、军事等，民间的口语文本几乎构成了与书面文本平行的百科全书，当然，也包括文艺内容。而其中，口语文本中的韵文因其朗朗上口而易记易诵，其传播之盛、影响之大远不是现今书面与网络文明时代所能想象的。怀想遥远的年代，行吟诗人与民间艺人们风餐露宿，走街串巷，一把琴，一面鼓，或者就凭一张嘴，便能口生莲花，咳玉吐珠，上至天文地理，下至日常百用，贵到皇亲国戚，贱到贩夫走卒，远者盘古开天地，近者城头大王旗……这是多么宏大的叙事，又是多么亲近的吟唱。它们如风似雨，吹遍田野，滋润人心。戴军对此有极深刻的认识。没有这些歌谣，就没有那“无处不在的文明教化。尤其在民间，它们融进了歌谣里，戏文里，评书里，融进一切传统的娱乐活动里。它们生动有趣，曲折感人。有的新鲜刺激，人们闻所未闻；有的就像发生在自己身上的故事，让人有强烈的代入感。那种润物无声的功力，真的令现代人叹为观止”。正因为民间文艺包括民歌民谣在内这么大的创作量和影响力，特别是因为书面表达的限制而转移到口头创作的审美冲动，使得它们对其他艺术门类具有了源头活水般的滋养，以至于官方与文人艺术家们经常要到民间采风，搜集民间文艺作品。历朝历代都有有司及文人对民间口头创作进行整理，许多经典的文艺作品也都源自它们，以至形成了具有艺术史、语言史与传播史意义的互文现象，比如戴军书中锡剧《珍珠塔》与当地唱道情《十二月花名唱方卿》的比较。这本书里收录的许多作品令人称赏不已，像《长工歌》《哭嫁歌》《闹新房》《十二房媳妇》《十个姐姐梳头》《田家乐》《我同小妹》《卖杂货》《织十景》《小孤孀》《十二乱铜钱》《劝夫戒赌》《耥青稞》《远亲不如近邻》《鱼做亲》等。在我看来，《阳羡十景》比许多导游词好多了；《十二月鱼鲜》完全可以制作成美食的文创；《廿四节气》让孩子唱唱也是很好的科学教育；《十劝人》其实与当今社会的文明导向也是相融的。我对《思情郎》的叙事结构感到十分惊奇。闺怨是中国文学中常见的题材，但我还没见到过这么唱的。作品以一个年底盼望在外做生意的丈夫回家的妻子的口吻，一天一天唱过去。年关岁底，每天都有每天的艰难，更有不满、担心和埋怨。唱到正月初五，终于把丈夫唱回来了。那丈夫为什么过了年这么久才回来呢？好像这才是重点，不料曲子不管不顾地就一句话作了结："奴家你莫骂，官司打天下，洋钱钞票用了一大把，没回来看奴家。"什么官司？用了多少钱？哪儿用的？怎么用的？……都不说了。这真是大胆的艺术，才开了头就结了尾。文人们显然不敢这么写。

看得出，戴军在搜集整理当地的民歌民谣上花了相当多的工夫，而且有着较深的研究。民歌民谣是专门的领域，涉及历史、风俗、语言、音乐、表演，以及方志、科技，甚至文化学与人类学，研究者要有这些方面的素养才行。当然，更重要的是情感，是对乡土文明与民间艺术的敬畏。戴军显然是民歌民谣的知音："民谣就像茅草根，苦叽叽，甜滋滋，它来自泥土。草木本无心，不求美人折。你不能离开实际去要求它做到独特、新颖、深刻、唯美。事实上，它若真的依了你，它就不是民谣了。"本书不仅是对地方民谣的搜集、打捞，更是怀着深情，对这些日渐湮没的民间艺术的解读与鉴赏。每个读到此书的人都会对戴军的评赏报以会心。

拿到书稿之前，对戴军的这部作品是有一定的想象的。在倡导挖掘传统艺术，保护文化遗产的今天，各地都在开展民歌民谣的搜集整理，成果也不少。但是，戴军的这部作品却不是我以为的诸如宜兴或阳羡民谣集之类的，而是一部完整的叙事作品，一部集小说与非虚构于一体的很有创意的作品。它以省城的姚老师也就是"我"为叙事人，以搜集整理阳羡民谣为故事线索，串起了一次完整的叙事，塑造了胡阿喜、陈三林、赵姨、马师傅、小满婶等众多人物形象，中间又故事套故事地安排了唐依依与建生、尹雪梅与魏老师的插叙，他们是唱着故事的人，是本身充满了故事的人，或者是活在故事中的人，最重要的是，他们都是民谣人物。我没有问过戴军她为什么要这么写。在我看来，她搜集的宜兴民谣资料一定很丰富，编一本当地的民谣集应该绰绰有余，那为什么要这么写？我以为怎么写不只是个形式问题，更是作家对题材的理解，它根植于作家的文化思考。戴军一定遇到了诸如此类的问题，或者是困惑：过去唱遍家乡山山水水的民谣哪里去了？民谣应该在哪儿？是在书本里？博物馆里？它们只能是遗产？还是应该在生活里？在人们的口头耳畔？我想她的答案一定是后者。这也是今天所有所谓非物质文化遗产面临的普遍问题，是每一个接触到非遗产品前世今生的人都会陷入沉思而又深感无奈的事情。所以，戴军采取了这样的写法，她复活了民谣，她重新让民谣回到了这方土地，回到了百姓中间。在舞台，在茶肆，在乡村的红白喜事上，在人们的日常生活里。因为民谣，不相识的人们走到了一起；因为民谣，失散的人们得到了团聚；因为民谣，民间的创造重新迸发出了活力。戴军特别写到了新媒体。看得出，她在努力，她希望古老的民谣能在全媒体的时代焕发出新的活力，她相信，老去的不过是那些曾经的旧时光，不老的是民谣的心。戴军真是个善良的人。

我真的希望民间依然是个有创造力的民间，希望还有那些活泼泼的散发着天真与本色、野蛮生长、不事雕琢的民间艺术。虽然，我知道民间文化的土壤已经大量流失；我知道以现代消费为基础、以现代技术为支撑的流行趣味统治了几乎所有文化产品的生产；我也知道城市的虹吸差不多抽空了乡村，而扁平化的社会实际上使民间已经变得非常稀薄。但是，对文化多样化的呼吁一直没有停止过。人们不应该唱同一首歌，相反，我们每个人都应该有自己的歌，这些歌说着自己的故事，我们的故事，别人或他们不知道的故事、情感和梦想。当民间的基础得到夯实，当平头百姓敞开了自己的歌喉，随着时代的发展，不一定是行吟诗人、民间歌者的模样，就在新媒体上，人们依然能唱着古老的民谣，更重要的是，贡献出我们新的民谣。这才是一个美美与共的、良好的、可持续发展的文化生态。不知道这番话戴军同意不同意？

我想她会同意的。在书中，她曾这样表露过看到当下民谣境遇时自己复杂的心情："我不甘心古老的艺术最后都变成了活化石，变成现代人窥探历史的敲门砖。当然，相比那些淹没在岁月尘埃里的古老艺术，活化石和敲门砖也算是一种幸运的存在。但我还是希望它们以一种生命的形态活在当下，带入现代人的精神生活。"说得真好。

不甘心好，不甘心是改变现状的动力。戴军已经在书中为我们塑造了一群"民谣人"。希望这本书能够撒豆成兵，聚拢起传承与创新的力量。那样，民谣以及民间文艺的复兴就一定会到来。

谢谢戴军，给了我一吐为快的机会。最重要的话竟然到这会儿都还没说，那就是祝贺戴军新著的面世。这是一本有温度，有情怀的书。

目录

目录

谷雨——邂逅『丁真』

破窑里头住穷人，

风扫地来月点灯。

乱草窠里当床睏，

一条破被絮只有两三斤。

破洞数数几十个，

白虱捉捉头两斤。

……

我记得那一天是谷雨。清明断雨，谷雨断霜，这是春天的最后一个节气了。携一本旧书下江南，发觉周边的一切都很应景。在这样一个绿茵茵的季节出省城，奔赴一个原本以为乏善可陈的饭局，于我这样一个病恹恹的懒人来说，兴致并不很高。但我忍不住想提前告诉您的是，我的一段飞离既定轨道的生活，就是从那天的饭局开始的。这本该与您无关，但我接下来叙述的人与事，或许会有您熟悉的面孔。一些亲切而陌生的歌哭、乐子、俗语，一些断断续续的遥远故事，或许会让您停下匆忙的脚步，在不由自主的回望中打捞消逝的韶光。

事情的缘由很简单。某一日，我接到大学同学罗长子的电话，在谷雨这一天，参加由他张罗的一个同学聚会。罗长子本名罗寄望，因为瘦高、腿长，故得此号。他为人热情，也爱张罗事情。最近他似乎喜事不断，一是荣升了他所在大学出版社的社长，二是分得一处原本不属于他的祖产——据说是在江南阳羡县一处古村落的一座老房子。是的，我们的同学聚会就在那里进行。罗长子与我在大学读书的时候，有过一段无疾而终的恋爱，那段恋爱稀松平常，既没有轰轰烈烈，也没有肝肠寸断。甚至我们是怎么分手的，原因也实属老套。不过我们一直保持着难得的友情，当然是不暧昧的。罗长子这个人来自江南乡村，从底层上来的人总是谨慎，也分外爱惜自己。当我们各自有了生活的伴侣之后，他就进入了一个老大哥的角色，时不时给我一些关照和指点。罗长子毕业后留校，我去了省社科院一家语言研究所。中年之后，我的生活进入远非自己可以把控的轨道，身体不断地出故障。然后是伺候年迈多病的双亲。丈夫和女儿分别在国外工作和读书，我似乎又回到了婚前的单身生活。严重的失眠症降低了我对生活的企盼。我在单位的研究项目选题不错，但也因为经费匮乏而一再搁浅。年轻的时候我就看淡名利，“无所谓”便成了我不甚明快的生活基调的一个关键词。

且说那天的同学聚会，我对大学同学的情分还是看重的。但大家聚在一起的时候，开心是有的，也无非就是打打闹闹——老同学也称“旧雨”，旧雨重逢，焉有新知？通常是没有的。偶尔也有安详得道的雨，或能彼此滋润；或者，我的地里干旱的时候，你的那片带雨的云过来了，哗哗哗，洒给我一把救命的甘霖，就像谷雨那天罗长子赐予的聚会。

我按照罗长子给出的微信定位，顺利抵达阳羡县西北一个叫珠溪的古老村落，罗长子名下那座老房子，就在村后一棵合抱的银杏树附近。它的背后是山岗，门前却有一条明快的小溪。有新修了做旧的栈桥，看上去也不扎眼。村里的房子新的新，旧的旧，高的高，矮的矮，混搭得蛮有情致。古诗词里的炊烟当然没有了，但夕阳的余晖落在旧屋子上，还是有古朴的味道。

在先民的描述中，谷雨有三候，初候“萍始生”，二候“鸣鸠拂其羽”，三候“戴胜降于桑”。青翠娇小的浮萍，扇动着翅膀、叫声阵阵的布谷鸟，枝繁叶茂的桑树，栖息其上的美丽的戴胜鸟，这些由谷雨催生的小精灵们，此刻，正在这个小山村里，一起演奏着属于暮春的圆舞曲。

恕我先不对罗长子的老房子做太多的描述——以后我会跟您慢慢道来。我也不想记述那天饭桌上的农家菜，尽管味道真心不错。而是想先跟您说，饭局进行到一半的时候，从门外传来的一阵隐隐约约的歌声，突然拨动了我胸腔里一根沉睡的心弦。

原先我以为那是谁在放一段老歌的录音。声线低沉，但有足够的穿透力。无疑那是一个苍老的男中音，无伴奏，那种略带苍凉的调子，有一种陌生的熟悉感。它带着无遮无拦的线性，像草原上掠过的风，像暮色里满天飞舞的落叶，更如浑厚苍朴的天籁，一直钻进我的心里。我的第一感觉是，它与我某个亲人的声音有着惊人的相似，但细细再听，却又有毫不相干的认知障碍。不过，我的潜意识告诉我，我不能轻易地放走它。人到中年了，或许每个人的内心都有一个软弱而幽秘的所在，一旦遇到与外界合拍的因素，就会产生意想不到的化学反应。

开始我并没有听清那个声调传递的是什么意思。但就在某一个瞬间，我不由自主地放下了一直端着的酒杯。因为，那个略带沧桑感的浑厚腔调，像极了我的父亲。这说起来非常荒唐。我父亲一生是个乡村教师，退休前他一直在 L 县的一所偏远小学任教。他教语文、音乐，早年他还是一个民歌民谣的演唱者和搜集者。我怎么会在这八竿子挨不着的地方，把一个贸然出现的声音跟他老人家联系起来呢？

我终于从这个闹腾腾的饭局里站起身来。好在我的学哥学姐们都没有在意。我走过这所老房子的幽深甬道，拔开沉重的后门的木栓。我确定那个声音是从屋后的小山岗上飘过来的，我甚至不记得自己是怎样绕过几户毗邻的人家，走到那个山岗边的石阶下。然后，我停住了，尽管我并没有一眼就见到那个唱歌的人。

破窑里头住穷人，
风扫地来月点灯。
乱草窠里当床睏，
一条破被絮只有两三斤。
破洞数数几十个，
白虱捉捉头两斤。
……

我循着声音拾级而上。终于，在山坡上，一处兀立的青石旁边，我看到一个头发花白的老人。他就靠在那块巨大的长满青苔的峭石上，眼睛是闭着的，缺了门牙的瘪嘴巴翕动着。很难想象，触动我心弦的歌声，竟然是从这样一张嘴巴里唱出来的。

“老人家，您好！”我上前打着招呼。但他仿佛没有听到我的声音，或者说，他完全沉浸在自己的天地里。

东南风起自关门，
西北风起自开门。
朝天睏，看见天上七斗星，
侧转睏，看见河里摇船人，

合卜（伏着）睏，听见草窠蛇叫声。
睏到半夜交三更，
还有蛮大蛮大的老鼠来啃眼睛。

这一段我用手机录下了视频。据我的认知判定，这是最地道的江南民谣，跟我父亲早年在乡村做教师时某些演唱的情景非常相似。让我诧异的是，他的腔调和我父亲的演唱有一种惊人的相似，致使我眼前出现某种穿越般的幻觉。我知道每一种以方言演唱的民谣都有自己的调子，对于很多人来说，家乡以及方言，占据了他们大量的生命感知。即便在没有说方言环境的异地，方言也会在梦境里出现——如果不懂得方言，就不会理解以方言演唱的民谣中包含的情感和张力。

我走上前去与他招呼的态度也许有些冒昧，至少是惊扰了他沉醉其中的一个语境。当他将一个近乎冷漠的眼神递给我且迅疾转身离去时，我知道自己扮演了一个唐突的角色。

所幸我不揣冒昧。因为年岁的差异，我觉得被一个长者冷落并不难堪，况且他看上去面相和善。与他的简短交谈虽然有些勉强，但是我断定这位白发苍苍的老人是位善良的长辈。在他有一搭没一搭的回应中，我得知他原先居住在这个村上，但已经离开这里很多年了。这次回来，是给祖先扫墓，顺便访些亲友。说到这里，他的神情显得黯淡："见一次，少一次，回来一趟，就要走掉几个，唉……"

问到他演唱的民谣是什么调子，他瞥了我一眼，说，胡乱唱唱，解解闷的，反正不是七缸八调。

后来我知道，七缸八调，在当地是一句骂人的土话。七口缸敲出八种调来，那显然是不靠谱了。此话用在这里，是老人的一种自嘲。

然后，他勉强朝我点头，转身向山坡上走去。我用手机抓拍了他的背影，有点孤单，也弱不禁风。

没有想到的是，我手机里录下的老人演唱视频，使我们这个聊得海阔天空的同学聚会突然有了一个集中的主题。南飞燕是我们同学里的活跃分子，省晚报社资深文化记者。她以媒体人特有的敏锐嗅觉兴奋地大声说道，这是个老年版的丁真啊！

丁真，几个月前霸屏的藏族小伙。虽然我自认是个精神出家者，平时基本不看新闻，但在这个资讯无孔不入的时代，人根本摆脱不了被资讯轰炸的宿命。所以，我知道这个面颊上泛着高原红、一脸纯真的藏族小伙。在我的识见里，关注某个小人物，是“吃瓜群众”茶余饭后的无聊游戏，只不过在媒体时代，变成了制造网红这样的全民游戏。那些名不见经传的网红，就像被大风卷起的落叶，在一阵狂乱飞舞之后，很快便归于长久的寂静，有时甚至落入比原先还要不堪的沟壑里。

现在南飞燕这么说视频里的老人，我有点不高兴，但我不能说什么。

“他唱的是原生态民谣，比城市民谣更有味道。”一位谈姓男同学俨然以专家的口吻评论道。他是我们班的歌唱家，大学期间经常登台亮相，人称“江大王杰”，当时俘获了一批女粉丝的芳心。至于现在，据他本人讲，充其量也就在酒桌上喝到尽兴了，高歌一曲，或者陪客户在KTV里自娱自乐。就在刚刚，他还在全体同学的掌声中唱了一曲《成都》，那是前些年十分流行的一首城市民谣。他那被酒精腐蚀的歌声里，依然有沧桑，却已经找不到当年的桀骜不驯，有的只是油腻与些许不恭。

我不想给老人和他的歌谣贴上任何标签。对我而言，他们更像是我不由自主紧紧抓住的一根线，因为那连接着我生命中一段重要的记忆，或者说我还没来得及分辨的某种情结。

这个话题仍在发酵。大家一致的看法是，在阳羡县这样的江南富庶之地，竟然还有这么古朴的民间文化，一如珠溪这样的村落，让人觉得不可思议。

如今想来，我应该感谢南飞燕，要不是她那天将这段我发在同学群里的视频放到了网上，那么接下来我至多扮演一个寻梦者，在这个古老村庄里继续打捞属于我的沉睡记忆，也就不会一头扎进民谣的世界里，谛听到古老文脉里那些撼动人心的歌哭。但在当时，南飞燕的举动着实令我愤怒。

那天，我以为同学聚会曲终人散之后，有关老人和他歌谣的话题也就画上了休止符。没想到，大家还在各奔东西的路上，同学群里就沸腾了，原因是南飞燕发的一个截屏显示，她抖音号上的一条视频信息点击量突破了十万。这正是我拍的那条视频。

这就是南飞燕。你说她特立独行也好，沽名钓誉也罢，反正她总是目标明确，我行我素。所以我也懒得和她理论。其实她人不坏，对同学也很仗义，在报社也算大姐大了，在省城更是一个能量不小的人物。新闻界历来都倡导记者要成为社会活动家，这方面南飞燕绝对堪称典范。在这个五六百万人口的城市里，她不说呼风唤雨，也是游刃有余，据说很多企业家在谈判桌上解决不了的问题，在她的宴会桌上定能迎刃而解。我甚至搞不清，她到底是因为媒体人的职业习惯而成为交际高手，还是因为生来长袖善舞而成了媒体人。但有一点是肯定的，在她身上发生的故事远比她采写的新闻精彩。

刚踏进家门，罗长子的问候电话就到了，这是他一贯的风格。一番嘘寒问暖之后，他忽然说，我今天拍的那个视频让他萌生了一个大胆的想法：“你可以就乡土民谣写一本书，一定会很受欢迎。”电话那头的他显然被自己的突发奇想陶醉了，声音居然有些颤抖。

我毫不犹豫地拒绝了他，真没想到他也跟着南飞燕瞎起哄，带着现代人消遣一切的心态，让我有点失望。

然而更大的意外还在后头。事态的发展像极了网络炒作，我很快被纷至沓来的各种采访或合作邀约包围了。我多位可爱的同学，无疑是这场阴谋的推波助澜者。除了南飞燕和罗长子，还有吴其辉，省电台文化类节目编辑；郭磊，文化传媒公司老总；柳滢，省名牌中学特级教师，她丈夫是省电视台副台长。我突然发现，我和传媒竟然贴得这么近，他们像谍战剧里化了装的游击队员，在街头巷尾扮演着贩夫走卒，枪声一响，立刻投入战斗。

当然，说阴谋有失客观，也有些抬举他们，毕竟此事缺少精心的策划，至多也就是一次偶然的集体围观。我相信网络时代人们极度分散的注意力很快会让这一切烟消云散，我要做的，就是拒绝，还有等待。

几天后，在省文化厅非遗处任副处长的老同学潘宁，约我在一个古色古香的茶楼见面。对于这位老夫子，我是一直非常敬重的，不只因为在许多年里，他给予我的研究不遗余力的帮助，更因为大学毕业后，他便一头扎进非遗的抢救和保护中，做着在常人看来与世隔绝的事。而且，在我们集体吐槽这个理想主义的末路时代时，他却从不发声，像一头沉默的老牛，在自己的一亩三分地里无怨无悔地耕作着，不问收获。

让我没想到的是，那次见面，潘宁关于民谣的一番洞见，激活了我蛰伏已久的某种野心，那是我们这代人不死的家国天下之心哪！

从茶楼出来，罗长子的电话就到了，这个幕后主使迫不及待地出场，有一种不出意外的好笑。果不其然，对于我所有的顾虑，他都已想好了周全的对策。一瞬间，我感动于罗长子的细致周到，但很快发觉，我已不由自主地进入了他预设的轨道。这个老谋深算的罗长子！

不久，罗长子带着手下的编辑室主任上门和我签了约。事情的推进之快，对于我这样一个习惯了慢生活的人，有点不太适应。罗长子给出的交稿日期有点紧，我后悔在这个问题上没有和他讨价还价。接下来我去省图书馆查找了几次资料，拜访了几位大学教授，心里还是不太托底。支撑我的，反而是一种朦胧而确定的感觉，那天倚坡而歌的那位老者，或许可以帮到我。或者说，我之所以敢接罗长子的招，就是因为那位与我仅仅一面之缘的老者。而我最迫切想做的，就是找到他。我竟然相信，他才是打开我心门的那把钥匙。

一

立夏——『刮金板』与催命符

蚕宝宝啊穿白袍，粉嫩桑叶要吃饱。
一天要吃十八顿，不嫌多来只嫌少。
养蚕娘娘命勿苦，宝宝上山见钞票。
送走宝宝心窟窿，明年见面再来抱。

再次来到珠溪，离上次同学聚会不过半个月时间，这个安静的小山村已是一副初夏的模样，大片的油菜花快要谢了，那种褪色前的金黄，依然拨动人的心弦；村前屋后的石榴花一簇一簇，点缀着这个季节的热情。迎面的风很温煦，不露声色地调匀着山野的风姿。我发现，自己的心境与当初比发生了迥然不同的变化。此时，我兴奋地嗅着空气里那种蓬勃的味道，那是植物生长、花蕾绽放的味道，它们搅动了我的肾上腺素，让我仿佛又回到了青春的大学校园。

但，那位歌吟的老者却寻不见了。

我和罗长子在村委会找到一位嫩生的村官助理，这是一位长着一张娃娃脸的九零后小伙。听说我们来自省城，并且罗长子还是村里的在外乡贤，他的态度便格外热情，上上下下帮着问了一通，无奈都不知道那位老者是何人。小伙子很机灵，想到了正在帮村里编撰村志的几位老同志，其中一位是原来的村书记，于是兴冲冲带着我们去了位于村文化中心的图书室。

胡阿喜！老书记听完我们的描述，果断地说出了这个名字。“他年轻时，那可是方圆百里唱小曲的高手啊！”老书记笑着说。

他还知道几天前胡阿喜回来扫墓了。多年前，胡阿喜就卖掉了祖宅，去城里帮女儿女婿带孩子了。

“他偶尔回来也不怎么露面。”老书记说，“现如今住在哪里，还真不太清楚。”

不过有一点是确定的，在县城。

胡阿喜，这个名字很喜庆，与我的想象也很契合，民谣高手身份的确定，更让我和罗长子喜不自胜。虽然我们没有他的住址乃至电话之类，但有了这个名号以及县城的范围，就不怕打探不到他的行踪。

找人，照例是罗长子的分内事，也是他的强项。我在县城的宾馆住了下来，而俗务缠身的罗长子则匆匆回了省城。不过，查户口的事他一刻也没有耽误，我能想象他对着电话正忙得不亦乐乎的样子。

走在县城陌生却亲切的街巷，我甚至想象着与胡阿喜老人在某个拐角不期而遇的场景。不甚明亮的街灯下打太极拳的老者们中，似乎都有胡阿喜存在的可能。不过，充斥于耳际的流行歌曲，却似乎在嘲笑我眼下的举动。那些被时光逼退的民间歌谣小曲，哪还有可能在芸芸众生的空间里占得一席？

罗长子果然厉害。第二天下午，胡阿喜的地址来了。我很享受这样的寻访方式，朝着一个可预知的方向，一步一步地走近目标。我甚至放弃了殷勤招呼的出租车，而徒步辗转于县城东北居民区一带的苍蝇巷子里。我喜欢这里的“底层气息”，散漫中的随意，新旧建筑混搭中的不拘，都向我散发着真实的人间烟火味道。我手里紧紧攥着一个关键词：水运新村。说是新村，其实是几幢老旧筒子楼的叠加。看得出来，原先是敞开式的，围墙和大门是后加的。外墙倒是新刷的，搞笑的是，东西两侧墙面上还用灰色涂料统一画上了一列窗户，明显是创建某项城市荣誉时的应急作业。但内里仍然十分破旧，感觉像穷人穿了件新褂子，里面的破棉絮还是露了出来。

在逼仄幽暗的楼道内上行，我的心居然狂跳了几拍，那是激动与忐忑一起发力造成的，眼前尽是那天胡阿喜在山岗上落寞而冷淡的神情。我站在 504 室的门口长长地舒了两口气，做好了再次被拒绝的充分准备，这才摁响了门铃。

一个迟疑的女声，隔着门对我盘查了半天。通讯高度发达的当下，不速之客是不受欢迎的，且常常遭到质疑。随后，门总算开了一小半，探出一个烫发的头颅，一双警惕的眼睛将我上下打量了几秒后，我终于如愿踏进了胡阿喜的家门。

准确地说，是他女儿女婿家。看年纪，开门的应该是他的女儿。

房子不大，屋内还是二十世纪末的陈设。隔壁房间里传来几声浑浊的咳嗽声，我以为是胡阿喜，女人解释说，是她生病的丈夫。

遗憾的是，老人不在家。女儿说他在万达广场附近的停车场做着一份收费的临时工作，一天要上十几个小时的班，很晚才能回家。

我很吃惊，印象中的老人有七十好几了，却还不能安享晚年，显然这个贫寒的家庭还需要他在外拼命。

胡女士看出了我的心思，嗫嚅着说：“我爸被我们拖累了。我们夫妻都是下岗工人，我老公又得了尿毒症，每个星期要去透析三次。家里的光景你也看到了，实在也是没有办法。”

忽然觉得，我出于礼节提去的两盒点心实在太轻飘了，对于这个为生活所累的家庭而言，我的到访甚至都有些不合时宜。可此刻我也不便再有其他的表示，我这人嘴笨，连句安慰的话似乎也无从说起，只得道一声珍重，匆匆离开。

我又看到视频里的那个背影了，此刻穿着一件反光的黄马甲，正在停车场上指挥着进出的车辆。银白的头发在夕阳和黄马甲的映衬下，特别扎眼，让我迈不开脚步。

老人发现了我。

他朝我走来的时候，脸上竟然有几分温和的神情。

“你是省城来的姚老师吧？我女儿打电话来说，你可能会来这儿找我。”

他看出了我的好奇心。“我们在这儿看车，也要观察周围的情况，你在这里待半天了，不打电话，不看手机，也不东张西望地找人，我就注意到了你，而且看着也有些面熟。”

说话爽利，言辞简练。我突然领悟到，一个民谣高手，绝非等闲之辈。

老人感谢我登门拜访，对于我此行的目的，却表示无能为力。每天除了睡觉，工作占据了他所有的时间，一天三顿饭，有两顿他是带到停车场吃的。这份工作对他很重要。再说，民歌小曲啥的，很多年不唱了，都不记得了。他的婉拒合情合理。

我当然不会轻易放弃，就提出一个建议：请人代他两天，我另外出一份工资，让他陪我回珠溪实地走走，或许触景生情，会有意外收获。

我的执拗和诚心最终打动了老人。但他坚决不肯接受我“另出一份工资”的本意，似乎那样的话，会让人看轻，也配不上民歌小曲在他心中的分量。

这一刻，我有点意外。真的谢谢您，胡叔。我听到了自己内心的声音。民谣在这位饱经风霜的老人心中，是这样一种神圣的存在，它可以与一个人的血肉相连。一时间，我很感慨，也更加急切地想跟着他，回到孕育民谣的那片神奇的土地上去。

如果你认为江南就是山温水软，杏花春雨，那你是被文人千篇一律的说辞误导了。在我看来，至少珠溪这个地处苏浙皖三省交界之地的小山村，就有着不一样的气度。这里的山，线条俊朗，形似峭拔，而不乏妩媚。满山的翠竹一旦被风鼓动起来，发出的呼啸就像万马奔腾。这里有小溪蜿蜒，涧滩清浅，颇有宋词意境。但胡叔告诉我，过去，一旦山洪暴发，无数条涧河就像无数条白龙，嘶吼着从山上奔涌而下，瞬间就吞噬了山下的田地和村庄。

突然感觉，胡叔的一口本地方言嘎啦嘣脆，细细品嚼，又有筋道的回味。就像山上长的春笋，也像地里种的蚕豆，与周边的刚性且温情的山水很搭。方言和民谣应该是这方水土丰满的羽翼吧。在我的认知里，吴语方言最早是从北方古汉语里划分出来的。西晋之末的永嘉之乱，北方大量移民到了江东这一带，对此地的方言影响很大。东晋建都建康（今南京），江东方言一度成为吴语和闽语的共同祖语。明清经济文化的重心从淮河以南转移到长江以南之后，扬州的繁荣被苏州所替代。苏州就成为吴语地区的文化中心，“苏州官话”就成为太湖地区的权威方言。古阳羡离苏州不远，所以这里的方言和民谣，跟姑苏是同根的。但是，这里跟浙皖也相近，方言里也吸收了吴文化的基因，其血脉之旺不言而喻。历代的民歌民谣，应该就是这里的先民生活史的声线版化石。

时光消逝，相信那些消隐的歌哭会沉淀于群山与田塍之中。

那天，我和胡叔刚走到村口，就听到有阵阵混搭的鼓乐之声。他的神情立刻变得凝重起来。

“又一个老伙计走了！”胡叔喃喃自语，脚步也有点沉重。

循着鼓乐的方向，我跟着他一路疾行，来到正在办丧事的那户人家。只见门前晒场上用塑料薄膜搭起的硕大帐篷里，摆满了各式八仙桌，一旁有几位乡村铜管乐手正在合奏着流行歌曲，那欢快的节奏与眼前披麻戴孝的人群、墙角的一排花圈形成了巨大的反差，让人感觉无所适从。

胡叔却一点没受干扰，他一把拽住一个戴孝的后生，用方言问了一句，后生的回答让他的脸色一下变得很难看。

我不敢吱声，就看着胡叔快步走到晒场南面的小河边，掏出一支烟，点了几次才点着，猛吸了几口，长长地吐出一条烟柱。

很快他又走回来，告诉我，故去的这位孙全大，是他的“拖鼻涕”朋友，也就是从小到大的伙伴，他们一直很要好。后来胡叔去了县城后，每年回村还来看望他。清明的时候胡叔回来扫墓，他俩还见过面，当时这位老伙计说是受了风寒，咳嗽得厉害，没想到，突然就走了。停了一会儿，胡叔的表情变得尴尬起来，压低声音问我带现金了没有，说自己身上只有200块钱，可否借一点给他。我立即在包里翻找，数了数，只有不到1000元。现如今都用微信支付宝付账，现金基本不用了，这些钱是以防不时之需的。

胡叔凑了1000块钱，郑重地递给门口负责登记的家属，并看着他一笔一画地写下自己的姓名，然后走进大门，上香，对着遗像行礼，抓起一把纸锭，一只一只放进火盆里，看着它们迅速燃起、卷曲，变成暗白的灰烬……

就在胡叔走进大门的那一刻，门外的管乐停了，一支唢呐吹响了，高亢而凄厉的声音一跃而起，直入人的肺腑。我感觉眼眶有点发涩。

“老兄弟，你怎么说走就走了！”胡叔低沉地对着遗像深深鞠躬。

我也学着胡叔行了礼。一位扎着白扎头的妇女端上两杯茶，我跟着胡叔喝了一口，是红糖水。

就在胡叔和死者亲属交谈的时候，门外的乐风又变了，响起一个女人带着哭腔的丧调，似一个女儿在哭自己的父亲，从三岁发蒙，一直哭到天荒地老。细细听，这声音是从某个录音设备里发出的，被扩音器放大后，有点机械而失真。

胡叔皱着眉头默默地听了一会儿，站起身，出门，走到乐队身旁，摁下了桌上那只小音箱的停止键，忽然拿起了麦克风。

我有些紧张地看着他，猜不出接下来他会做什么。门外的一众人也都停下手里的活，直愣愣地看着他。

苦煞船工忙漆匠，

牵磨做豆腐等天亮，

箍桶师傅饿肚皮，

吃煞老苦打铁匠。

当胡叔那低沉而略带沙哑的歌声突然响起时，我感觉自己全身的血液也跟着快速奔涌起来。慢慢地，调子变得哀泣一般，仿佛远去的时光被哀怨的声线拽回来了。这一刻周遭寂静一片，连布谷鸟也停止了鸣唱，仿佛所有生灵都在支起耳朵静静地聆听。

七八九岁无学上，

十二三岁做牛郎，

二十三十把工当，

四十五十扶根讨饭棒，

六十无靠去流浪，

一世人生苦汪汪。

他是在唱逝去的老友吗，还是在哀叹自己？这一段唱得如泣如诉，但那伤感低回的旋律又是如此婉转悠扬，一颗心仿佛被粗粝的砂石碾过，有确切的痛楚，也有痛楚之后的熨帖。这是我从未有过的听歌感受，如果不是接下来胡叔的一番话，我差点忘记了自己身在何处。

胡叔说："我和全大哥光屁股的时候就在一起白相了，小辰光我们一起放羊、捉狗屎、扳蟹、樵猪草，长大了一起上山拖毛竹，下河罱河泥。我们这辈人辛苦了几十年，子孙还算孝顺，全大哥也享到了几天清福。他和我年轻时候起就喜欢唱唱小曲，今朝我就用小曲送一送他。全大哥，你一路走好啊！"

老泪纵横的胡叔，再次弯下了他单薄的身子，周身弥漫着难以言说的痛楚。

一阵女人低低的哭泣声从人群中传出，只见胡叔和一位中年男子握了握手，然后招呼我一声，头也不回地大踏步离开了。

一路上他埋着头，没有一句话，我几乎小跑着才能跟上他的步伐。走了一大段他才意识到我的不易，于是停下来，叹了口气，像是对我说，又像是自言自语：

"如今的下小辈，连哭一哭死去的长辈都成了难事，弄个录音机放放，乐队奏奏流行歌曲，半吊子，不像个腔气，气煞老娘家（老人家）啊！”

我理解胡叔的怨气。中国人的传统观念里，哭是对死去的亲人最好的祭奠。哭声里有哀痛与悲悯，依恋与不舍，还有感恩与思念；哭，既是情感的自然释放，也是向故人献上的最真切的悼词，更是后辈接过传承之棒、扛起家庭责任的誓言。

我问胡叔刚才唱的是什么曲子，他这才回过神来，对我连说抱歉。我懂他的意思，但告诉他，我真没觉得有何不妥，相反，刚才他的两段唱着实震撼人心，让我见识了民谣深处某种神秘的力量。此番珠溪之行以葬礼开篇，虽说有点悲凉，却很特别，一下就让胡叔入戏了，这让我很是庆幸。

按照当地习俗，送了吊礼的亲友，要在故人安葬后吃一顿豆腐饭。因为我一直跟在胡叔背后，胡叔介绍我时，语气郑重，说是“省城来的老师”。故而在坐席时，竟然让我紧挨着胡叔，占了一个长辈的位置。

所谓豆腐饭，并不是素席，而是主打的菜肴里，要有一大盆豆腐，其他荤菜照上。主事人是死者的儿子，就是那位和胡叔握手的中年男子。满脸油光的他，拿着一张菜谱，得意地介绍说，大家聚一次不容易，今天的主打菜肴全部交给了一个美团跑腿机构，大家不出村，就可以吃到杨巷的烩羊肉、周铁桥的大肉包，还有官林水产村的腻蟹糊、云湖的鱼头汤。

他老婆凑上来补了一句："家常菜还是要阿仙婆来烧的，她的红烧肉，打巴掌不肯放！"

说话间，一个四十来岁的妇人，肥圆的身子束着围裙，挤进来跟大家打招呼："吃好喝好啊各位，有谁不吃胡椒和香菜吗？"

"都吃都吃！"

"阿仙婆，今朝的红烧肉要格外烂些啊。春生爷爷八十七岁了，嚼不动。"

"嗯嗯。放心。到口就化！"

"弄不懂，阿仙婆你的红烧肉用的啥偏方？又烂又香又好吃。"

"嘻嘻嘻，刘老板，你想夺我饭碗啊。"

"要两份！"

"来了来了，吃煞你个大嘴阿姆！"

显然是一派喜庆的语境，城市里难得的小确幸在这里会显得单薄而微不足道。一时让我拐不过弯来的是，几乎没有人在谈论逝去的长者，也绝少有哀戚的气氛，倒像是在为一位寿星过一个热闹的生日。

丧事喜办，是当下乡村的一大特色？这一顿饭果然味道不错，阿仙婆的红烧肉力压群芳，成为饭桌上最受欢迎的菜肴。凭良心讲，这肉真的好吃，我平时多半吃素，偶尔吃点鱼虾，肉基本不碰。可是，当我把胡叔夹给我的一块红烧肉咬了一小口，一股久违的香味迅速攫住了我的味蕾。“小时候的味道。”我脱口说了一句，逗得大家笑了。

不但香，而且酥软，又有嚼劲。怪不得大家这么喜欢。

大家动筷不久，就进入拼酒阶段。显然胡叔等老辈人不太适应。吃完饭，他们就借故离席了。剩下的人们就自动进入第二场，大桶的自酿米酒，装在盛饭的瓷碗里，在彼此的吆喝声中，醇香的酒气在乡场上弥漫开来。

初夏时节的江南原野，就像一个突然变了嗓的少年，一天一个样。那种鼓胀着的生长力无处不在，一棵树，一朵花，一株草，都被这种生长力施了魔法，进入了精力过剩的亢奋状态。村边的一丛慈孝竹，昨天还是一尺多高的笋尖尖，今天却拔节成一米多高的嫩竹了。暖湿的风带着一股荷尔蒙的气息，被它熏染过的麦苗油亮亮的，在阡陌纵横的田地里排着队，跳着广场舞。

田间地头却看不到农人。我问胡叔，现在庄稼都不需要管理了吗?

他告诉我，现在播种收割、施肥除草都机械化了，机器在田里走上一遭，活儿就都干好了。虽说种田发不了财，但如今当农民真的是惬意啊，和过去比那是天上地下之别了。老话说，种田那是拆骨头生活，所谓一粒米一滴汗，一点也不是夸大。所以老辈人传下来的歌谣中，讲种田人苦处的有很多。

我一听来了兴致，忙问胡叔，能否来上一段。

胡叔有些难为情地看了我一眼，说长远不唱，好多都忘了，有些怕也是记不全了。他呆呆地望着碧浪翻滚的麦田，下意识地走到田埂边，坐了下来，用手轻抚着麦苗，回想着。

不知过了多久，就在我用手机变换着各种角度，对着田埂边的野花一阵“咔嚓”之后，胡叔忽然对我说：“我来唱一段《长工歌》吧，那是小时候我‘大大’（父亲）教我的。新中国成立前我家里很穷，我‘大大’就给地主家扛过长工。”

胡叔清了清嗓子，望向麦田和远处的村庄，仿佛思绪随目光一道穿越时空，回到了从前：

正月初五闹哄哄，背了衣包去上工，

上欠皇粮下欠债，逼上梁山做长工。

浑厚而带有磁性的声线像舞台上的绳索，缓缓地拉开了大幕，我看见一个身穿打着补丁的棉袄、腰间束着草绳的青年男子，在零星的爆竹声中，瑟缩着独自行走在冬日荒凉的村道上，远处，请财神的队伍敲锣打鼓，好不热闹。但热闹是别人的，男子脸上有的，只是孤寂与无奈。

长工做到二月中，找把铁锹到田中，

上埂做到下埂去，黄鳝攻洞要骂长工。

长工做到三月中，积肥除草到田中，
上埨削到下埨去，还有杂草要骂长工。
长工做到四月中，拿把镰刀到田中，
割好麦子挑上场，鸡扒狗跳要骂长工。
长工做到五月中，浸种下秧到田中，
上垅播到下垅去，有了空档要骂长工。
长工做到六月中，施肥耥稻到田中，
口中干得喉咙痛，回家吃茶要骂长工。
……

大年初五的场景过后，是一组剪辑的镜头，时序由立春开始，像一张张月令牌被迅速翻起，从春到夏，从秋到冬。那位年轻农人的衣衫逐渐变薄，又渐渐变厚，不变的，是他在田头忙碌的身影：做埂，积肥，除草，割麦，挑担，浸种，莳秧，施肥，耥稻……一年四季，种田的每道工序依次呈现，我们看到了一粒种子是怎样经日月光华的照拂，雨露风霜的浸润，吸吮地气肥力，经由农人的辛勤劳作，孕育、孵化、嬗变成一粒米或一颗麦子的。那是人与自然的绝妙配合，是天地与人的共同创造。我似乎感受到，祖先们也是一棵棵植立于江南田野上的禾苗，他们的智慧与勇气，坚韧与质朴，柔情与希冀，苦难与伤痛，都是从土地里生长出来的，也和土地一般绵长。

汗水始终挂在年轻农人黝黑的脸上，一双穿着草鞋的赤脚不是立在水田中，就是走在或泥泞或尘土飞扬的土路上。而他身后，总有一个地主的模糊影子，在指着他的鼻子斥责着。也许，这样的一首歌谣，就是从这个年轻的农人心头自然而然流淌出来的，带着体温，和着血泪，这是他缓解日夜辛劳的法宝，也是他抵御精神煎熬的武器。又或许，这是他年老时念给儿孙们听的歌谣，是对艰难岁月的回望，也是给后辈们的家训。

站在四月旷阔的田野边听着胡叔的歌吟，会让你有种奇特的感受，仿佛那歌谣也是从土里长出来的。

接到罗长子的问询电话时，我正在一片桑树林边出神地凝望着硕大的落日，此刻它泛着咸蛋黄一样油润的光泽，悬在无数桑树同样油润的枝叶上方。那是和长河落日不一样的日暮，属于江南的丰腴景致。

清明匆孵，谷雨自出。
桑叶下躲雀，蚕儿即出壳。

忽然从桑树林中传来一阵歌声，一个颇具原生态风味的女声在小声哼唱着，我立即循着声音向桑林深处走去，胡叔也紧紧跟上。走了一段，隐约看到，歌声起处，一个妇女的背影在晃动。我不敢继续往前，怕打扰了她。只听她接着又唱：

初出蚕如蚁，桑叶要切细。

蚕到二、三眠，蚕妇夜少眠。

蚕儿开大叶（即大眠开叶），蚕妇同蚕眠。

蚕室高又爽，蚕子光又亮。

蚕室不高爽，气死养蚕娘。

因为唱的是方言，我听不懂，回头瞅了一眼胡叔，他也在侧耳倾听，听完，告诉我，这是一首有关养蚕的歌谣，并且用不太标准的普通话将歌词一字一句念了出来。虽然毫无养蚕常识的我还是没有全懂，但一下来了兴致，径直走到了妇女的近旁，看着她一双灵巧的手上下翻飞，不一会儿，就摘了半箩筐桑叶。

胡叔上前跟她打招呼，寒暄，并把我介绍给她。这是位年近半百的乡村妇女，一双温和的眼睛里有着这个年龄少有的清澈。她朝我大方地微笑了一下，眼角清晰的鱼尾纹并没有使她的美丽减分，相反，让她的笑容有了一种岁月赋予的宽厚与沉稳。

这位名叫肖凤玉的妇女显然是我的意外收获，很快我发现，她的故事比她的歌声更加精彩。

向晚的风没有了燥热，花香自远方漫来，一点点沁入心脾。我和肖凤玉并排坐在田埂边。我们的一见如故，有着年龄相仿催生的心灵契合。凤玉在县城开了十多年服装店后，厌倦了市井的嘈杂、人心的虚浮，毅然回到生养她的小村，种种菜，养养花，喝喝茶，看看书，日子过得简单而悠闲。她很怀念儿时的生活，于是又包下几亩茶园和桑园，雇了几个工人，一起种茶、养蚕，在质朴的田园生活里，体味着父辈们的生命哲学与智慧。

"我的母亲是个远近有名的养蚕能手，年轻那会儿，她还因为蚕养得好戴过大红花，在全县三级会议上上台讲过话呢。"凤玉骄傲地说。

我立刻对这位养蚕能手产生了浓厚兴趣，向凤玉提出可否上门拜访，她爽快地答应了，并且说："我娘见了你，一准激动得语无伦次。"

我突然觉得应该征求一下胡叔的意见。这个突然冒出来的养蚕娘娘，可否作为我采访计划的一个补充。胡叔的爽快没有一点犹豫，说："她娘也会唱民谣的呢！"

凤玉的家在村西南角，村南的一条大涧与向北的一条支流在此交汇，汩汩的溪流流淌出一种从容不迫的氛围。房子是一幢带庭院的独立式两层小楼，样式也很常见，棕色的马赛克外墙，棕色的琉璃瓦。房前屋后栽种着好几棵果树，门前的大理石台阶上摆放着几盆鲜花，小院给人洁静素雅之感。

凤玉娘正在厨房里忙活着晚饭，见到我这个不速之客，她的热情中明显夹杂着紧张，似乎对自己围着围裙、举着锅铲的形象还有些不好意思。老人家看上去有七十多了，但一头黑发，面色红润，一双布满皱纹的眼睛此刻虽然盛满了笑意，却掩藏不住那股心气，一看，就是个要强了一辈子的女人。

听说了我的来意之后，凤玉娘从最初的客套与无措中平静下来，炯炯的目光里有着扑面而来的陈年往事，她用娓娓的话语，将我带到了陌生而温情的旧时光。

"当年，我们这里家家户户都养蚕的。如果说种田相当于工人挣工资，那么养蚕就相当于赚奖金。虽然说工资是收入的大头，但奖金也不能小瞧，尤其对女人家来说，养蚕的收入就是她们的私房钱。当然，家庭主妇们总还是拿这些所谓的私房钱来贴补家用，买油盐酱醋、鸡苗鸭苗、孩子的铅笔本子，但这是我们的劳动所得，我们用得理直气壮，也很自豪。最关键的是，养蚕来钱快。老话讲，养蚕是'日不歇夜不歇，三十六天见铜钱'。女人家辛苦三十六天，就能见到真金白银，这种吸引力太大了。要知道，集体种田的年代，分红要到年底，一年到头，农民手中是没有闲钱的，一旦有个什么急用，动了家里的老本，有些人家全靠女人家卖了蚕茧来填补窟窿。

"但养蚕真是比做黄梅还苦。我们这里把夏季'双抢'叫作'做黄梅'，'双抢'就是抢收抢种，在每年的六月。此时，正是黄梅雨季，农民先要把麦子及时收割上来，再把早稻抓紧种到田地，那真是争分夺秒，一天也不能耽误。做黄梅的日子里农民就像打仗一样，心里的弦绷得紧紧的，起早贪黑，日夜辛苦。村子里没有一个空闲人，就是种不了田的老人小孩，也要帮着烧饭洗衣，或者到田里拾麦穗，捆麦秆。那些天，村里的空气都是紧张的，连狗都不叫。

“但养蚕还要辛苦。蚕宝宝娇贵得很，妇女们养蚕就像服侍‘舍姆’（产妇）坐月子一样，要精心伺候，不眠不休。

“虽说养蚕很辛苦，但分田到户之前，这份辛苦也不是人人都能得到，只有副业队的人才有资格养蚕。凤玉她大当年是副业队的，我这才有机会养蚕，村里的很多女人都眼红得很哩。”

凤玉娘的叙说，就像在我眼前展开了一幅生动的画卷，我看到年轻力壮的她梳着齐耳短发，在阴晴不定的暮春，精神抖擞地走进又一个养蚕季。陌上旷野，并非画家笔下的落霞与孤鹜齐飞的背景。有时是苍茫，抑或是混沌。天清月朗的苍穹下，来往熙熙，有谁记取养蚕人的辛劳与沧桑？

跟随着凤玉娘矫健的步子来到乡蚕种场，这里是一派忙碌的景象。女人们正排着队等着领蚕纸，大家交头接耳，大声议论着今年的蚕茧行情，犹豫着到底要领几张蚕纸。

一张薄薄的小纸片上，密布着针眼大小的小黑点，每一个小黑点就是一颗蚕子。一张蚕纸上，二万五千颗蚕子挤挤挨挨，像盲文一样，那是蚕的生命密码。

一张蚕纸四角钱，也可以根据家里的实际情况养半张，甚至四分之一张，俗称“一角张”。

蚕房是早就预备好了的，比舍姆的卧室还要讲究得多，凤玉娘忙了整整一天。要打扫得纤尘不染，然后在四周沿墙角撒上白石灰，防潮防虫，也吸附异味。蚕宝宝对异味特别敏感，哪怕一点点中药味也会让它一命呜呼，更不要说农药化肥的味道了，真是比舍姆还要难服侍。撒白石灰的时候，凤玉娘觉得自己像《西游记》里的孙悟空，用金箍棒为师父唐僧画了一个圈，但愿各路妖怪都被挡在了外面，不要来伤害她的蚕宝宝。

“晾羌”（竹匾）拿到涧滩里刷了一遍又一遍，放晾羌的木架子也刷得比女人们的面孔还要光洁，然后放在自家门前的稻场上接受阳光的消毒与烘干，不花一分钱，却让凤玉娘格外放心。

涧滩边，村道上，副业队里几位像凤玉娘这样风风火火的蚕娘，手脚一刻不停地忙着，一张嘴也不闲着，在这个女人冲锋陷阵的主战场上，蚕娘们个个声音都是高八度的，仿佛不如此，不足以显示养蚕是当下压倒一切的头等大事。

以上皆为序章，蚕纸领进家门，大戏才正式开锣。

蚕子孵化就像在实验室里培植一种新菌种一样，伴随着欣喜与焦虑。遇上气温偏低，蚕娘们要给蚕纸布置一间温室，就是家里的浴锅间。浴锅里挑满水，用稻草结慢慢地煨着，放下门帘，浴锅间内很快便氤氲了温润的水汽。蚕花们真是浪漫，选择在这样一个瑶池仙境般的温柔乡里破壳而生。

那几天，家里的男人变得小心翼翼，更不会骂女人败家。至于女人们，则完全看不到男人的存在，连自己也忽略了，一心都在蚕身上。此地形容难看的脸，叫“隔夜面孔”，你想吧，即便是水扑荷花般娇嫩的青春靓颜，也经不起多少个日夜交替的劳作呀。直到蚕纸上的小黑点开始蠕动，新生的蚕花探头探脑地张望着这个陌生的世界，她们才长长地舒了口气，感觉肚子有点饿了，感觉脸上蜕皮了，粗糙了。有时身上还会生湿疹。

首战告捷，凤玉娘稍做休整，就又上阵了。饭一定要吃饱，觉有空就睡，因为她知道，硬仗还在后头。

蚕花们就像歌里唱的那样，“小如蚁”，其实比蚂蚁还要小，一只小晾羌便能装下一张蚕纸上孵出的蚕花。食量也小，但吃得精细，标准“掐尖儿”的主，必须喂它们吃桑叶的嫩芽儿，还要切得碎碎的。慢慢地，蚕宝宝们身体开始变青，再变白，身量也变长了，成群结队的兄弟姐妹便要分家了。

不久之后，它们便进入了初眠。

“眠”其实就是蚕蜕皮，差不多要一天一夜时间。此时，它们是不吃东西的，所以称眠。眠好比是蚕的一次突围，也是一次拔节，蜕去旧皮的蚕宝宝通身雪白透明，它们舒展着被旧皮束缚的肢体，又像是一次新生。

但此时，它们也像新生儿一样脆弱，经不起任何风吹草动。于是，凤玉娘自然而然地变身儿科护士，用白石灰拌上灶膛灰，像爽身粉一样撒在蚕宝宝们身上。

蚕宝宝们日日长，夜夜大，很快就进入了歌中所唱的“二眠”，然后是“三眠”，晾羌从一只增加到两只，再到三只、四只，叠放在一只木架上。此时的凤玉娘，白天，一趟趟地奔向桑树林，夜里，也睡不上囫囵觉了。

很快，家里所有晾羌全部出动也无济于事的时候，蚕宝宝们便像下嫁一样，从高达数层的闺楼搬到了地上，凤玉家的堂屋、两旁的厢房里，全变成了蚕宝宝的领地，人反而没了立足之地，只能在中间搭起的木条上行走，给它们喂食。

此时，凤玉娘与蚕宝宝们开始了马拉松比赛。

这明显是一场力量悬殊的比赛，蚕宝宝只用一张嘴，就让凤玉娘每天像上紧发条的钟，丝毫不敢懈怠。蚕儿大眠开叶的时候，如果你走进凤玉家，会以为外面突然下起了疾风暴雨，那“沙沙沙”的声响是如此雄壮有力，你不敢相信，那是从一条条躺在地上的温软小巧的身体里发出的。你看着凤玉娘将一担碧绿生青的桑叶，连同嫩一点的茎干，像一床厚厚的棉被一样，盖在了蚕宝宝们洁白的身体上。但一转眼工夫，地上就又变成了洁白一片，你甚至都不怎么看到蚕宝宝们动弹，真的不明白它们是如何以迅雷不及掩耳之势，将这么多桑叶消灭于无形的。

凤玉娘已经将铺盖搬到了蚕房门口，就像凤玉歌中唱的那样，“与蚕眠”了。其实，她根本睡不踏实，那“沙沙沙”

的声响在她听来，既是充满希望的美妙歌声，更像一阵阵催命的鼓点。一夜要喂食三五回，这觉坐着就能睡着。

终于，蚕宝宝们大眠了，七天之后就要上山了。

在那些最难熬的长夜，除了蚕宝宝，还有谁来陪伴双眼通红的蚕娘娘们呢？此时若是没有贴心贴肺的民谣在耳际萦回，让周身的疲惫得到些许慰藉，那蚕娘娘们就真的太苦了。

哪里是什么民谣，那是她们心里流出来的血。

蚕宝宝啊穿白袍，粉嫩桑叶要吃饱。
一天要吃十八顿，不嫌多来只嫌少。
养蚕娘娘命勿苦，宝宝上山见钞票。
送走宝宝心窟窿，明年见面再来抱。

凤玉娘唱的这首婉转的民谣让我感动。最难得的，是蚕娘们认为自己“命勿苦”。设想辛苦了三十六天的蚕娘娘们，在蚕宝宝“上山”的时候，她们的指望和惆怅，交替在冰凉如水的黎明时分。“明年见面再来抱。”——分明把蚕宝宝当成了自己的孩子。

四月里来养蚕忙，姑嫂双双去采桑。
桑篮挂在桑枝上，揩把眼泪采把桑。
养蚕好比养我儿，换来铜钱买衣裳。

三十六夜眠不着，送走宝宝我好心伤。

没想到胡叔也开唱了，是久违的歌声唤起了他内心的记忆。他唱这首民谣的时候，声调低缓、清凉，像子夜时分的微风。

这两首民谣的一个共同特点是，到结尾的时候，都把蚕宝宝当成了自己的孩子。

蚕宝宝上山，这是每位蚕娘掰着手指日思夜盼的一天，可凤玉娘的心还是悬在空里。蚕宝宝上山用的草笼早就备好了，看今年蚕宝宝的长势，也不用担心出茧率，她唯一放心不下的是村里小学校的那间教室。放置草笼需要很大的场地，一般人家都没有这么大的空间，于是，小学的几间教室成了大家争抢的香饽饽。虽说私下里凤玉娘早就请小学的杨老师帮她先占上一间，可终究不是光明正大的事，万一别家的蚕先上山，人家也看中了这里，大家乡里乡亲的，也不好伤了和气。

一向胸有成竹的凤玉娘忽然有了一种命运不在自己手里的无力感。蚕儿上山，一季养蚕的胜败在此一举，凤玉娘几乎带着乞求的口吻，对着蚕宝宝们轻轻说道："看在我这么些天日不歇夜不眠地服侍你们的面上，你们也要争口气，早点上山啊！"

回答她的依旧是"沙沙沙"的蚕食声。蚕儿们心无旁骛地吃着，但在凤玉娘听来，这是蚕宝宝们向终点发起的冲锋号，也是最动人的回答。

只要不是遇上连绵的阴雨天，凤玉娘的蚕茧收成总是不差的，即便是雨下个不停，她也会想尽各种办法让蚕儿吃到干的桑叶。当然，这意味着凤玉娘的辛苦又提升了好几个等级。不过，就在她看到白花花的蚕茧子堆成小山的时候，她觉得全都值了。有一年，大队居然奖给她四十六块钱。要知道，当时一个工人的月工资才八块钱，四十六块，绝对是一笔巨款了。凤玉娘就是在这一年夏天上了全县三级会议的领奖台，成了远近闻名的新闻人物。

让凤玉娘美名远扬的不只是蚕养得好，还因为身材矮小的她种田却和男人们拿一样的工分，是个不折不扣的拼命三娘。养蚕的季节，如果只是一门心思照料蚕宝宝，凤玉娘一点也不觉得苦。问题是，春蚕生长的时节，有一段是与双抢季节重合的，两忙加一块，凤玉娘成了高速旋转的陀螺，完全不由自主了。常常是，从田里回到家，别人家都在烧火做饭了，她还要赶去采一担桑叶回家。春末夏初的桑树林密不透风，有一回，又热又饿的凤玉娘头一晕，一头栽到地上，路过的村里人发现了她，将她搀扶回家。喝了一碗红糖水之后，凤玉娘觉得好多了，硬是挣扎着去把一担桑叶挑回了家。而更多的时候，桑树林周围空无一人，凤玉娘醒来后，走到田埂边坐着歇上一歇，吹一吹晚风，一想到家里那些嗷嗷待哺的蚕宝宝们，立刻来了精神，挑起桑叶担就往家赶。落日的余晖下，人们看到一个瘦小而倔强的身影，摇摇晃晃挑着担走在田埂上，那凌乱的短发随风飘动，被涂上了一层金属的光泽。

“一年最多可以养四季蚕，春蚕最好，夏蚕和秋蚕出茧率不高，但我姆妈还是会养三季。”凤玉说，她娘一到大忙季节，简直像吃了仙丹一样，可以连续多天不眠不休。真不知道那小小的躯体里，哪来这么多使不完的劲。

胡叔插话道：“我们这里有句老话，‘地是刮金板，人勤地不懒’。只要你肯出力流汗，地是不会亏待你的。”

“嗯嗯。”

仅是养蚕，我的笔记本就记满了半本。胡叔看着我一直在埋头做笔记，感慨了一声：

“做你们这一行的，真不容易。”

哇，胡叔表扬我了。

与凤玉娘的意外结识，让我的眼界洞开。起先我还担心胡叔会有误会，因为他的时间宝贵，为了陪我采访而雇人代他上班。因了凤玉娘的出场，他倒变成了陪衬。没想到，恰恰是我对此地民风民俗的全心投入，让胡叔获得一个“冷静旁观”的视角，还催发了他记忆中的一首民谣。

此时此刻，我的心变得特别柔软。

“刮金板”！这就是江南的沃土，它让江南人不敢懈怠，也舍不得懈怠。土地与人就这样相互诱惑着，激励着，催促着，监督着，造就了瓜果遍地粮满仓的膏腴之地。

离开珠溪的时候，我忽然有了不舍。在我眼里，它不再仅仅是一个美丽、安静、迷人的村庄，而是一个蕴含着巨大宝藏的所在。它和我已经有了某种切身的关联。我说不出这种关联到底是什么，只觉得我已经对它有了依恋。

二

芒种——城市插座　乡村心跳

正月梅花初逢春，
唱唱河南小方卿。
家住河南开封府，
襄阳县城太平村。
公公名叫方天觉，
父亲三字方敬章。
三叔名叫方敬生，
杨氏所养小方卿。

再次走进珠溪，是一个多月之后的端午节。罗长子邀我一起回老家，说他的祖宅租给别人办起了民宿，今天正式开张，请我一起去捧场。还说如果我愿意，可以在那里住上一段时间。

这于我有点意外之喜的味道。一个多月来，我对民谣的研究与书写，始终处在珠溪为我创设的一种语境里，那里的风物、人事，不断地在眼前晃动，我觉得，那是一种召唤。都市的书斋里写不出民谣的风味，只有回到它们生长的地方，才能聆听、感知它的原味，见识到其中蕴含的丰沛意韵。

六月的珠溪，早上凉快，中午的日头火勃勃的，颇有精壮小伙的魄力；其元气淋漓，有如春江方舟。到处是碧绿的枝叶，绿得油亮，阔大的叶子无拘无束地伸展着，仿佛天地之间都是它们的疆域。

芒种刚过，布谷鸟还在卖力地催促着，担心还有懒惰的农人错过最后的播种时机。它不知道，人类的懒惰是现代科技重要的催化剂，而现代科技则让人类的懒惰变得合情合理。现如今，一只只“铁牛”在田野上快速地走上一遭，犁田、播种、除草、施肥，全都干完了。在田间耕种了几千年的春牛，如今早已退出历史舞台，只剩下让人们宰杀食用的功能。

“文杏别院”，罗长子祖宅现在的名字。确切地说，是祖宅成为民宿之后的名字，一看就出自罗长子之手，酸酸的。不过，倒也贴切。别院除了门倚百年古银杏，院内还散布着数十盆盆栽银杏，这些小巧精致的盆栽或曲干虬枝，或叶茂丰满，有着与大树不一样的情致，给这座不大的庭院增添了一种静穆的气氛。别院的装潢是江南传统的民居风格，粉墙黛瓦，青砖花棂，素朴中见雅致，天然中有机巧，满足了我对于江南民居的诸多想象。

罗长子带着我在院内参观了一圈之后刚落座，就听得一个脆亮的声音从门外传来：“贵客来到，有失远迎！”一个穿着旗袍的苗条身影袅袅婷婷地来到面前，罗长子笑着向我介绍道："我们的阿庆嫂来了！这位是老板娘，罗总。"

"哪有什么老板娘，你才是这里的老板，我可不敢高攀啊，哈哈！"一张略显沧桑的脸，因为恰到好处的妆容，倒有了一种成熟的美；一双会说话的凤眼有些花哨，却并不轻佻，里面似乎深藏着一些我还无法解读的东西。

"罗金花，我的远房堂妹，在云湖镇可是个响当当的人物，这镇上从党委书记到村民小组长，没有她不认识的。"罗长子给我介绍。

"罗总好！姚明慧，你哥的大学同学。"我伸出手，自我介绍。

"别听我哥瞎吹，小地方女子，没见过什么世面，让您见笑了。我哥说要带一位老同学来，是省城的大教授，没想到是位漂亮的女秀才。"她热情地握住我的手。惯常的客套话，此刻听来居然并不令人反感，反倒让我倍感亲切。我不知道是因为罗长子，还是因为祖宅，或者珠溪。

我在别院住了下来。为民谣做田野调查当然是最充足的理由，事实却是，我在这里找回了久违的睡眠。多年来，睡眠，就像"所谓伊人"，任我"琴瑟友之""钟鼓乐之"，依然"求之不得"。不料，珠溪竟然就是它的"在水一方"，真是令我大喜过望。

珠溪的夜晚真的好安静。原本，白天这里就不热闹，夜晚，就更静了。在城市，即使到了深夜，依然能听到市声。

那是各种马达混杂的声响，就像一台处于待机状态的电脑发出的那种低低的轰响，只有拔掉插头，声音才会消失。可是，我不知道城市这部机器的插头在哪里，可不可以拔掉。但我想，按照所谓现代化的理论，是肯定不能拔掉的。疫情让世界被迫放慢了脚步，人类的自囿却成就了大自然的自我修复。这场疫情应该让人类有所警醒了，虽然身为最高级的灵长类，但人类依然只是自然之子。然而现实是，我们都被巨大的惯性所驱使，根本无法停下奔跑的脚步。也许能够做到的，就是偶尔放慢脚步，躺进大地母亲的怀抱，听一听她温暖有力的心跳，找一找孩童时代的记忆。这或许也算是人的一种自我修复吧。

就像此刻，我躺在乡村的怀抱里，像躺在婴儿的摇篮里。珠溪的夜静谧，却不是万籁俱寂，而是生机无限的那种宁静。山野里正在演奏着一首小夜曲：叮咚的泉水弹出舒缓的钢琴旋律，各种鸣虫拉出了提琴的基调，风吹竹林奏响了抒情的铜管，偶尔的几声犬吠则如激越的鼓点，敲出了乐曲的高潮……

这样的小夜曲在我听来，也像一首无词的摇篮曲，将我一点点送入梦境。

罗金花在我的坚持下，并没有过多推辞，就同意收取我的食宿费。她说，我知道你们这些知识分子都讲究这些，我也就不客气了，让你也好心安。但她坚持只按每天一百元的标准收，理由是刚开张，没什么客源，就都按照非周末的价格收取。我明白她的好意，默认了。

第二天，罗金花为了庆祝自己的民宿兼农家乐饭店开张，特意从县城请来一台大戏《珍珠塔》。县锡剧团在村头的打谷场上搭了一个舞台，支起了射灯和高音喇叭。太阳还挂在山梁上，打谷场上就排满了凳子。晚饭刚毕，人们从四面八方涌来，好像在奔赴一个盛大的节日。打谷场的周边，卖瓜子、花生的，卖水果的，卖饮料的，卖气球的，还有各种小吃摊头，好不热闹。

《珍珠塔》是一部苏南锡剧传统大戏。说的是乾隆年间，相国之孙方卿因家道中落，去襄阳向姑母借贷，反受奚落。表姐陈翠娥赠传世之宝珍珠塔，助他读书。后方卿果中状元，告假完婚，先扮道士，唱道情羞讽其姑，再与陈翠娥结亲。

罗金花分明是这天晚上真正的主角。她一身红装，像个新娘子。在演出开始前大大方方上台，向台下观众鞠躬致辞。得她照顾，特意安排了一个紧靠着村书记的位置，让我从容落座。我旁边一个戴着眼镜的中年人，黑而瘦小，衣着朴素，据说是本地文化站的工作人员，大家叫他惠老师。虽然我坐的这一排都是当地的官员老板，但大家对他很客气，他很热情地站起来与我招呼，并主动跟我加了微信。

演出开始，鼓乐齐鸣。显然这出戏的情节大家早已熟知，尤其是《方卿羞姑》一场戏，讽刺刻薄势利小人，入木三分，动人心魄。演到高潮处，掌声雷动，经久不息。

列国年有个小苏秦，
身贫困来求功名。
初次不第返乡井，
全家人把他来看轻。
苏秦胸怀有大志，
名不惊人不死心。
到后来变了情，
穷苏秦变成了富贵人。
六国封相回家转，
一时间忙坏了全家人。
不贤嫂头顶香盘跪在十里亭，
奴颜媚笑接苏秦。
可叹世间还有苏秦嫂，
只认衣衫不认亲。
叹人生势利亲，
骨肉情当浮萍。
欺贫爱富亲不认，
势利之人实可恨。

在夜色里观察一下周围的观众，一个个表情丰富、投入其中。有个白发长者，哈喇子都流出来了，却毫不知晓或全然不顾，完全被牵进了剧情。我知道善恶有报、鱼跳龙门、苦尽甘来、雨过天晴的故事，是老百姓有口皆碑、百看不厌的乐子。之前没有听过锡剧的唱腔。我喜欢它婉转软糯、抑扬顿挫的腔调，感觉与我在珠溪听到的民谣，有异曲同工之妙。

只是，在音乐配奏上，乐队较多地运用了现代电子器乐，伴之以打击乐之类，这显然是在迎合当下的时尚风气，也是争取更多的年轻观众。灯光也借鉴了舞厅里那种闪烁不停的效果，跟情景的搭配并不是很吻合。我注意了一下，戏没开场的时候，还能看到一些穿红着绿的青年男女在场内场外晃动，刚演了几幕，就能看到一些年轻人在往外走。这一份尴尬，在热热闹闹的夜幕里不经意地弥漫开来。

惠老师介绍，《珍珠塔》这出老戏，堪称当地群众的最爱。不但剧情故事人人知晓，就连唱词，上了年纪的人们都会哼哼。最早在清代时，《珍珠塔》是一部沿街走村卖唱的弹词作品。故事被老百姓接受了，就在民间不胫而走。早先的故事比较简单，在不断的传唱中，加进了百姓们的想象。其中的喜怒哀乐，都是民众价值观的体现。

“本地民间的唱道情作品里，就有一个久唱不衰的《十二月花名唱方卿》。实际上，锡剧《珍珠塔》，也吸收了它的营养。”惠老师说。

我眼前一亮，问："惠老师，这首道情您会唱吗？"

惠老师客气地说："我原先是个小学音乐教师，什么二胡琵琶，黑管唢呐，都还凑合。这些年记录搜集了不少民歌民谣，唱倒是一般般。"

我说："您就别客气了。"

他想了想说："我手头有《十二月花名唱方卿》的手抄本。"

这真让我大喜过望。

第二天，惠老师把手抄的唱词，拍照发到了我的手机上。

与锡剧《珍珠塔》的唱词相比较，感觉这唱道情的文字更质朴，也更接地气。

正月梅花初逢春，
唱唱河南小方卿。
家住河南开封府，
襄阳县城太平村。
公公名叫方天觉，
父亲三字方敬章。
三叔名叫方敬生，
杨氏所养小方卿。
二月杏花白如银，
路明路纪两奸臣。

昏皇面前谎奏本，
要害方家一满门。
万岁生来无道理，
不听忠臣听奸臣。
听信奸臣一箩筐，
满门抄斩方家门。
……

老百姓爱怎么唱就怎么唱。“万岁生来无道理，不听忠臣听奸臣。”这样的唱词直截了当、干脆利落。御用的文人怎么写得出来？

十二月蜡梅结厚冰，
襄阳城里爆听闻。
毛竹扁担出嫩笋，
铁树开花结铜铃。
姑母一见心里虚来眼泪淌，
头顶香炉十八斤。
三步一拜接方卿，
越想越是难为情。
……

感觉，总是在不经意中，如同秋风里摇落的花瓣，只要有心，我就能捡起浓浓的秋意。而民谣的声线，总能穿越日常生活的喧嚣，来到我的耳际眼前。

这些日子，除了照料我的生活，罗金花总是一有空就邀我一同出去，有时是去菜园里拔菜，或是去雨后的树林里铲地衣，有时去山上挖边笋，或者去涧河里摸小鱼……她深知这些乡间野趣是城里人最热衷的，哪怕是我这个年纪的女高知也难以免俗。听说我在写有关民谣的书，她便多方打听那些会唱民谣的高手，也时常会讲一些当地的风土人情、民间故事给我听，她觉得这些对我而言，了解一下总是好的。一来二去，我俩竟成了很聊得来的朋友了。

虽然我不清楚罗金花的示好除了罗长子这层关系外，是否还有其他原因，但我必须承认，她的分寸拿捏得当，让人心生好感。这个女人不简单。

轻松自在的日子总是过得飞快，不知不觉，我在珠溪住了快十天了，我还长胖了三斤，面色也比以前红润了。这于我而言，真是意外收获。要知道，多年的失眠让我成了纸片人，是这里的水土给了我重生的感觉。我想，或许我与珠溪真的前世有缘。

这个周末，文杏别院上上下下忽然忙碌了起来，原来是接到了一单婚庆大单。罗金花俨然成了总指挥，那场面堪比王熙凤坐镇荣国府，也让我领略了她的大将风度。

下午，在凤玉家喝茶赏花时，我意外地接到了胡叔的电话。自从上次同来珠溪之后，我给他打过几次采访电话，他打电话给我倒是头一回。他告诉了我一个令人兴奋的消息，这个周末他要回珠溪参加一场婚礼，还会给我介绍几位神秘的民间高手。我立刻想到了别院的婚宴，果然，在别院举行婚礼的是他堂弟的孙子孙媳。真是巧了。

和凤玉的恬静散淡不同，凤玉娘做事风风火火，待客热情似火。在别院住下后，我曾来她家拜访过一回，这次已是我们第三次见面了，凤玉娘俨然将我视作了老熟人，话匣子一打开，竟有滔滔不绝之势，完全符合她说的此地“麻利”（能干）女人的标准：嘴一张，手一双。

三

夏至——婚礼的灵魂有点囧

人逢喜事精神爽，今朝我来闹新房，
恭喜新人千年福，富贵荣华万年长。
一幢龙门造得高，男子聪明女乖巧，
男子聪明高官做，女子乖巧大学考。
……

夏至很快就到了。这是一年中太阳最高调的一天。虽然气温还远没有到达顶点，却是太阳与北半球厮守时间最长的一天。仿佛歌手飙出了最高音，华彩的乐章由此奏响。此后，夏的热情开始急剧膨胀，无孔不入。珠溪是丘陵山地，昼夜温差大，白昼里也是骄阳炙烤，热浪滚滚。

那天下午，凤玉娘望着窗外的田野动情地说，如今的农民真是天堂日子，想当年这个时候，我们都在毒日头底下耥稻，和疯长的青草拼命。做梦也没想到，还会有在家里吹着空调吃吃茶、“掮掮老空”（聊天）的一天。我问她耥稻的时候唱不唱山歌，她说，人都快被晒成鱼干了，又累得半死，哪有心情唱歌啊。我顿觉自己唐突了，有站着说话不腰疼之嫌。

凤玉娘也觉察到自己的直率令我尴尬了，马上补充说，种田累了，我们也会坐到大树底下歇一歇，吹吹风，那时候就觉得没有比在大树底下歇息更惬意的事了，真是应了那句老话：好吃要饿，好歇要做……对了，我记得有一回休息的辰光，听我们队的炳松伢唱过耥稻的歌，开头好像是这样唱的：

> 樱桃好吃（么）树难栽，山歌好唱（么）我口难开，
> 白米饭好吃（么）田难种，黄秧好耥（么）我热难受。

凤玉娘有些不好意思地说，她只记得这几句了，一张脸因为兴奋，竟然有了少女般的绯红与腼腆。

我有些惊喜，赶紧将她念的这几句歌词用手机记录下来，我相信胡叔一定会唱这支歌。

周日别院的婚宴摆了整整十二桌，除餐厅里的四桌外，院子里摆了三桌，堂屋里摆了三桌，天井里还摆了两桌。院门外有红绸带扎起的拱门，上面装点着鲜花和柏树枝；院门上贴了红喜字，挂了红灯笼，红地毯从进门一直铺到了堂屋后面的天井里。堂屋是婚礼的主场，正对门的墙上悬挂着圆形镶嵌回字形边框的红双喜字，上方装饰着用褐色彩纸仿制的中式花格挂落。下方的几案上，两边各一盏台式红灯笼里

红烛高照，中间摆放着一只硕大的玉如意。每个窗户上都贴着圆圆的窗花，细看，除了红双喜，还有花好月圆、鸳鸯戏水等各式喜庆图案。院内各处，也都装点着鲜花和红绸带。显然，这是一个中式的婚礼现场，让人颇有穿越之感，我暗暗佩服罗金花的审美眼光。况且，别院空间不大，能有这样的效果，她也是煞费苦心了。

周日中午，当迎亲的车队出现在村口，别院外的面场上，两挂长长的挂鞭奏响了婚礼的序曲，一时间鞭炮齐鸣，鼓乐阵阵。在亲友们的簇拥下，新郎走下婚车，为新娘打开车门，喜婆给两位新人递上扎着花球的红绸带，新郎牵着新娘，穿过拱门，跨进大门，走过院子，进入中堂，他们身着的龙凤褂在阳光下熠熠闪光。这一切让人们坚信，在此后的人生中，他们会一直这样不离不弃，相伴相随。或许，这场婚礼的华彩，就像龙凤褂在阳光下的璀璨一样，转瞬即逝，但又有什么关系呢？悠悠岁月里无处不在的点滴温情，才是土地一样坚实的存在，是抵挡风雨最有力的倚靠。

中堂几案前举行的拜天地仪式就像电影里的传统婚礼一样，质朴、庄重、喜庆、祥和，没有时下那些豪华婚礼的铺排、煽情、庸俗和吵闹，我想这更接近于国人对婚姻本质的理解。拜天地、拜父母和夫妻对拜，这简单的三拜里，包含了国人的世界观和伦常思想。

这场婚礼如果只是这些仪式，我会觉得，中式的风格比较新鲜，我也喜欢，但也只是一种大众化的传统模式，缺乏个性。不过，接下来的一幕，却让这场婚礼有了灵魂，有了属于这块土地的印迹。

婚宴开始后，节目表演也开始了。

让人吃惊的是，演员几乎都是老者，表演形式也趋同，清一色的民谣演唱。这倒令我大喜过望。起初以为这是一支业余团队，后来才知道，他们都是被主人家一个个地邀请来的。主人家到底为何方神圣？为何要将婚礼变成一场民谣演出？所有的疑问，都在看到上台表演的胡叔后有了答案。

从婚礼开始，我就一直在搜寻胡叔的身影。来参加婚礼的老者很多，那些老伯伯们，穿着、神态乃至长相，在我看来，都有某种相似之处。胡叔也一样，太缺乏辨识度了。你不得不承认，“一方土地养一方人”真是颠扑不破的真理。

没想到的是，胡叔这天特意穿了一件米白色仿真丝唐装，上面印有传统的团花图案，虽说反衬得脸庞愈加黝黑了，却平添了几分清雅之气。人也显得年轻，站在台前，目光炯炯，巨大的气场居然让杯盏碰撞、人声鼎沸的堂屋一下子安静下来。

看到胡叔的这身装束，我确定之前他没有在婚礼现场出现过，或许是躲在某个地方和其他演员在做演出前最后的准备了吧。他是节目主持人，当然兼演员。刚开始，他显然有些紧张，也许是不大标准的普通话让他感到别扭，也许是长久不表演了，有些生疏。但很快，他就进入了状态，语词变得流畅起来，虽然普通话依然叫人听不大懂。

我连蒙带猜，大概弄懂了他的开场白。原来，新郎的爷爷，也就是胡叔的堂弟，是这场婚礼演出的动议者和最初策划者。他从年轻时起就痴迷民谣，虽说唱得不怎么样，但绝对算得上“真爱粉”。老爷子在听说孙子孙媳想办一场中式婚礼之后，来了兴致，某日，在和他的阿喜大哥通了一次电话之后，一个大胆的计划猛地从心里跳了出来，自己也吓了一跳。明明是孙辈们的主场，身为长辈，照理他不大好太起劲。况且弄一群老头老太来表演，一来有喧宾夺主之嫌，二来从视觉效果看，也不理想啊。但这个念头在老爷子心里硬是掐灭不了，而且居然越长越大，他只好硬着头皮请阿喜大哥出面，向孙子孙媳提出建议。没想到一对新人觉得新鲜，很感兴趣，于是，老哥俩多方打听、四处招募旧时歌友，才有了今天歌友们的久别重逢和联袂演出，它足以载入阳羡的民间文艺史册，其高潮部分，就是这场难得一见的婚礼演出。

一阵热烈的掌声中，一老一少两位女子走上了台。女孩穿着大红的秀禾服，扮作新娘；老妇人身着暗红色绲边盘扣斜襟短衫，扮作新娘的母亲，她们要为大家献上的是《新娘洗浴歌》和《哭嫁歌》。

只听老妇一边挥舞着手中的毛巾，一边亮开嗓子唱道：

秤杆煎汤称心如意，

红鸡蛋煎汤细皮白肉，

枣子煎汤早得子，

葡萄煎汤岁岁高升，

圆眼（桂圆）煎汤连中三元，

长生果（花生）煎汤长生富贵，

瓜子煎汤加福加寿，

扁担添汤两头发，

茄子洗浴离娘身。

我敢打赌，即便是阳羡本地人，即便能听清楚每一句唱词，也未必能弄明白意思。反正我是一句也没听懂。只觉得曲调很好听，有点像沪剧的《紫竹调》。至于内容，想来应该是吉祥的祝福之语。歌词是我后来向胡叔讨要的，并且请他一句句解释给我听了，这是后话。当时我虽然听不懂，但这清脆悦耳的歌声让我很受用。演唱者声情并茂，如果不是亲耳听见，我肯定不会相信是位老太太唱的。细看她，六十多岁模样，虽然一眼能看出是位农村老太，但面庞白净，身材匀称，神态自若，她的气质绝对超出了我对农村老太的认知范围。她不但唱得好，表演也十分自然、到位，那种久违的老派文艺范让人很亲切，也很舒服。相形之下，女孩的表演略显生涩，看得出来，她是被临时请来助演的。虽然舞台经验不足，但女孩的脸上始终洋溢着羞涩的微笑，倒也符合角色身份的设定，弥补了表演的不足。

另一首《哭嫁歌》是这样唱的：

啊大小姐啊，第一个炮仗么来送信，
啊大小姐啊，第二个炮仗么成双富贵，
啊大小姐啊，第三个炮仗么连中三元，
啊大小姐啊，第四个炮仗么四品黄堂，
啊大小姐啊，第五个炮仗么五子登科，
啊大小姐啊，第六个炮仗么六六大顺，
啊大小姐啊，第七个炮仗么七子团圆，
啊大小姐啊，第八个炮仗么八仙过海，
啊大小姐啊，第九个炮仗么九代荣华，
啊大小姐啊，第十个炮仗么十全其美。

我听得出来，这首《哭嫁歌》唱的也是祝福的话，但和前面那首歌的基调不同，分明有了些许悲音。老太唱得婉转细腻，荡气回肠，把我的眼泪都唱出来了。我想起当年我结婚的时候，不但没有流泪，还特别激动。因为我和先生都不是本地人，大学毕业后我们在省城奋斗了好多年，才分到了属于自己的房子，结婚意味着终于可以不用住集体宿舍了，也意味着在异乡漂泊的我们可以在一个屋檐下相互取暖了，我高兴还来不及呢。虽说婚礼是在他老家办的，但那不过是个形式。对未来的无限憧憬将我整个身心全都填满了，我就像个鼓胀的气球，而结婚就是那只突然放开的手，令我扶摇直上，冲入云霄。

我想，现代女性虽然多少有些了解出嫁对于传统社会的女子意味着什么，但隔着观念与风习的大山，这样的了解总是肤浅的，触及不到灵魂的。《哭嫁歌》就仿佛是一条穿越大山的时光隧道，为我接通了我所陌生的旧时代。

虽然歌里唱的都是大吉大利，但一个“哭”字，却像新娘精致的红绣鞋里那双变形的三寸金莲，一不小心，便露出了现实的残酷。对于那时的女子而言，婚姻的大门内外几乎是两重天，门外，也许是小桥流水，也许是茅屋篱舍，但一定没有世外桃源。即便锦衣玉食，也自有种种无形枷锁，锁住你的眉头，你的心扉。门内，很可能还是凄风苦雨，漫漫彻夜，甚至万丈深渊。但你只要一脚跨过这道门槛，便永无回头之日。

这的确像一场疯狂的赌局，一个弱女子，既然无力挣脱命运的魔咒，哭上一哭，总是必要的。这哭，是对父母亲人的感恩与告别，对青葱岁月的留恋与祭奠，对前途命运的希冀和担忧，又或者，是对五味杂陈的内心的一种释放和安慰。那一刻，民谣，就像流淌过心田的一弯溪水，承载了她所有的悲欢，默默地给予她贴心暖肺的关怀。

胡叔唱的是压轴大戏《闹新房》，歌曲加上念白，洋洋洒洒唱了十分钟。显然，这是民谣里的扛鼎之作，气势不凡。

人逢喜事精神爽，今朝我来闹新房，
恭喜新人千年福，富贵荣华万年长。
一幢龙门造得高，男子聪明女乖巧，
男子聪明高官做，女子乖巧大学考。
手捧花烛亮堂堂，我照新郎进新房，
新郎领路走前头，有请诸公来送房。
……

除了同样充满美好的祝福外，《闹新房》更像是一次赏心悦目的造访，听众扮成闹新房的亲友，跟随新郎的脚步，一同来到他家，将里里外外看了个遍，也夸了个遍。读者朋友，您也不妨跟随我们的脚步，来看一看在阳羡民间的理想中，新房有多气派：

只见大门高爽，堂屋明亮，正面墙上挂着大红轴子的中堂画，两边还贴着喜庆的新画张。八仙桌摆在中央，手艺高超的厨师正在为婚宴忙碌着。

穿过第二道喜庆的龙门，来到前厅后面的天井，此地称作“明堂”，方正宽敞的明堂里，“东边放着荷花缸，两边栽着龙凤树”。

穿过第三道龙门，便来到了后厢房。走上结实的实木楼梯，“东边是间金库房，西边又造万年仓（粮仓）”，中间便是新房。新房的客厅里，亲友们济济一堂，“人人脸上喜洋洋”。“掀起门帘有六尺长……里边就是罗汉子孙堂（新人的卧室）”。美丽的新娘端坐房内，她烫着时髦的卷发，稳重大方。屋内，“办公台子四角方，两盆牡丹花摆两旁”。书桌的两只抽屉，“上头抽屉珍珠百宝，下放钞票存银行”。

很明显，这是一户已经进入二十世纪八十年代的乡村人家，传统的风尚中，已融入现代化的气息。读者接下来看到的屋内陈设，更加有那个时代的印迹。

新房里，最引人注目的，当然是簇新的婚床。你看，“红漆地板西式床，象牙床上白罗帐，两根飘带头上挂，白罗帐挂金钩上，象牙床上一对鸳鸯枕，鸳鸯枕上牡丹配成双。”床头，有全新的梳妆箱，打开，里面装着金铜镜，能照见新娘如花的容颜。环顾四周，有彩电、冰箱、收录机、洗衣机、落地电扇、西式大橱、五斗橱、各种木箱和矮柜、四仙桌、沙发、折凳、新式座钟、缝纫机、热水瓶、高级香茶，还有镶着金边的铜箍马桶。

新房里家具电器真是一应俱全，这样的生活水平在那个年代的农村，绝对称得上一流了。当然，歌谣里唱的总是最美好的愿望，现实生活中，没有人会照着这个标准来布置新房的。

歌谣里唱到的“镶着金边的铜箍马桶”让我感到新奇，胡叔说，这是当年年轻男女结婚的标配，为新娘的陪嫁。结婚那天，新马桶里装满了红喜蛋，由娘家送亲的女眷提着，送进新房。当地有“新箍马桶三天香”的谚语，装着红喜蛋的新马桶，当然是香喷喷的。一切都是崭新的，连同马桶，生活展开了一幅诱人的画卷，未来像一个可爱的萌娃，正张开双臂，步履蹒跚地扑进新人们的怀抱。

听《闹新房》，我们仿佛置身于江南农村浓郁的烟火气息中，目之所及，皆是活泼如草尖晨露般的生动画面。这些画面展现的，不只是俗世生活的丰腴，还有江南人家的精致。如果我没有猜错的话，这是一个今人改良版的《闹新房》，它肯定还有更古老的版本，因为你能明显感受到歌谣里带着新旧两种时代的烙印。

比如，歌谣中有这样的唱词：

二幢龙门造得巧，文武百官都来朝，
文武百官朝三朝，代代子孙穿红袍。
前厅走过到明堂，星斗银天照八方，
欢天喜地来领路，魁星点斗状元郎。

虽说这样的吉祥之语早已失去了现实的意义，但之所以还保留在民谣中，并且人们依然愿意听，愿意接受这样的祝福，是因为大家都懂得这些吉祥之语在今天的真实内涵。红袍虽然不再穿在身上，却还装在很多人心里；皇帝钦点的状元郎是没有了，可百姓“敕封”的高考状元却遍地开花。这就是传统的魔力。千百年造就的一些情结，就像韭菜深埋于土里的根茎，会不断发出新芽。而民谣的生命之树，就是以紧贴人们的精神渴求为养料的。

说实话，婚礼上的民谣表演真是让我大开眼界，没想到，惊喜还在后头。宴席开始后，我坐到了胡叔他们一桌，几杯喜酒下肚，便和几位参与表演的歌手熟稔了，由表演说到此地的婚礼习俗。忽然，胡叔故作神秘地问我，想不想看民谣实景表演，我不由得瞪大了眼睛，忙问在哪里，惹得一桌子人都笑了。胡叔指了指我身旁的老太，就是演唱《新娘洗浴歌》的那位老演员，说，等喜酒吃好了，你就跟着这位赵姨走，保证让你不后悔。那口气，怎么听都像是在哄骗孩子跟着陌生人走，我颇有些尴尬。

这对新人的婚房坐落在云湖镇上一个叫作云栖家园的新小区内，我跟随赵姨还有新人的一大帮亲戚朋友刚走进楼道，实景表演便开始了。

脚踏金砖地，手扶翠屏梯，

脚踏楼梯步步高，手托圆盘采仙桃，

仙桃不给凡人采，王母娘娘采一遭。

一步一花开，二步走进来，

三步踏在鳌鱼头，四步新房在面前。

……

赵姨的念白婉转悠扬，在我听来，有着歌曲一样的旋律。众人很自然地和着她的节奏，放慢脚步，走得更有仪式感了。

一路走，一路念，感觉像电视里见过的少数民族婚礼，歌声成了串起所有仪式的那根红线。

这些仪式里最令我痴迷的是“撒帐”。

新婚夫妇对拜坐床后，几位妇女一边唱着歌谣，一边向床帐内撒钱币、花生、红枣等，以祈富贵吉祥，多生贵子。听赵姨说，撒帐的妇人也是讲究资格的，必须是父母公婆双全并且多子多福之人。后来大家只能生一个孩子了，则必定是生男孩的妇人才能撒帐。红枣，代表早生贵子，这个全国各地基本都一样；花生，是花着生，就是儿女双全的意思，同时，此地人称花生为“长生果”，寓意长命百岁，也是非常美好的祝福。

……

一把撒在东，子子孙孙受荣封。

二把撒在西，子子孙孙穿朝衣。

三把撒在南，子子孙孙做状元。

四把撒在北，子子孙孙戴金盔。

五把撒上下，来年生个胖娃娃。

六把撒两头，子子孙孙做诸侯。

七把撒当中，子子孙孙做国公。

八把撒四方，四方扬名人一双。

九把撒天地，天生一对好夫妻。

十把撒满床，荣华富贵福满堂。

撒了一把又一把，荣华富贵富贵荣华。

公公撒的长寿花，婆婆撒的常春花。

叔婶撒的莲子花，亲友撒的香桂花。

邻居撒的满堂花，妯娌撒的和气花。

姑娘（大姑子、小姑子）撒的常往花，兄弟撒的英雄花。

夫妻撒的恩爱花，新娘头上插金花。

……

后来我翻阅了古书，才知道撒帐的习俗早在汉代就有了。明代的徐矩明在《事物原始》书中说："李夫人初至，帝迎入帐中共坐，欢饮之后，预戒宫人遥撒五色同心花果，帝与夫人以衣裾盛之，云得果多，得子多也。"看来，强悍如汉武帝亦未能免俗，也要借由五色果来召唤自己的生殖力量。有皇室的倡导，撒帐的习俗自然在民间很快风行，并且一直绵延至今。

遥想年少的汉武帝，与花一般年纪的李夫人同穿盛装，共坐喜帐中，仰面看着从帐顶落下的五色同心花果，一面急切地用衣裾装着，脸上想必也洋溢着幸福的笑容。那一刻的笑容，和笑容背后的企盼，与民间的新婚夫妇是完全一样的。两千多年过去了，但在撒帐的那一刻，古老的习俗与民谣唤起的，是一个民族共同的情感与欢乐。

四

小暑（上）——十房媳妇 一把戒尺

第七房媳妇矮笃笃，八幅罗裙着地拖，

烧茶煮饭蹲灶窠，就像一只哺鸡婆。

第八房媳妇懒婆娘，锅灶灰尘二三寸，

摸着螳螂当大虾，拎着蜒蚰当海参。

……

再见到赵姨，竟然是在一个十分难堪的场合。

七月初的一个双休日，南飞燕风风火火地来到了珠溪。

她是来采访的。暑假开始后，来珠溪游玩的人忽然多了起来。网络时代，任何一个偏僻之地，只要它有几分别致，满足现代人对于浪漫的想象，或者说满足他们对于自己现实生活的反叛，并且具备基本的现代生活设施，就很容易成为那些景点猎头的捕捉对象。不过，珠溪闯入人们的视野，完全是个意外。就在离此地不远的某个山坳里，有游客发现了一汪碧蓝的湖水，像蓝宝石一样蓝得深邃而晶莹。照片一挂到网上，就引起了轰动，有人称其为“中国的马尔代夫”。一贴上这个振聋发聩的标签，这个小小的湖泊立马成了网红打卡点，一时间四面八方的人们蜂拥而来。此事惊动了市政府，询问了当地镇政府才知道，原来这就是个废弃的矿坑，前一阵梅雨季连续下了几场大雨之后，就成了一个小的湖泊。至于湖水为何如此湛蓝，县农业农村局的专家也给出了答案，这是矿坑内某种矿物质含量偏高造成的。

显然，这个谜底远没有谜面那么美丽动人，但当地旅游部门还是很欣喜的，有噱头就会有市场，不是有句很经典的话嘛，旅游就是从你待腻了的地方去别人待腻了的地方。既然如此，当地人瞧不上的废弃矿坑，包装一下，怎么就不能是别人眼里风情万种的马尔代夫？

不过，这个马尔代夫太过微型，以至于半个小时就游完了，意犹未尽的年轻人感觉这一带山水澄明，环境幽静，便信马由缰地四处闲逛，逛着逛着就有了发现，一个古朴的小山村赫然出现在眼前，那是珠溪。

珠溪的浮出水面虽属偶然，却让人惊喜。它就像一株山谷里的野百合，承沐朝露夕阳，以恬静的姿态回馈自然的恩泽，那样一份从容与素朴，既天然又雅致，别有一番志趣。

媒体很快闻着味来了。不过南飞燕一再申明，她是看了我朋友圈里发的那场婚礼的照片，特别是民谣表演的照片，才决定来的。“一个光有山水没有文化的地方，是不足以让我心动的。”她总是这么大口气。

客观地说，珠溪后来的声名鹊起，南飞燕功不可没。这是后话。此刻我想说的是赵姨，那天，我陪南飞燕去村委会采访，与赵姨在走廊上不期而遇。还有一大帮人走在她前面，其中有个顶着一头红毛的年轻女孩，嘴里骂骂咧咧的，看起来怒气冲冲，却又不敢爆发的样子。赵姨明显比上一次见面时消瘦了许多，脸色很不好，看见我，她很慌乱，目光躲闪，打了声招呼便匆匆走了。

从来不八卦的我，这次却跑去问了村主任老范，因为我很担心赵姨。

果然情况不妙。

起因是县政府要在珠溪附近新修一条旅游干线，赵姨家的房子刚好在规划红线以内。县里的拆迁安置政策有两种方案供他们选择，一种是统一安置在村里新规划的小区里，旧房估价后，农户再补一些差额，可以分到一套新居；另一种方案是货币安置，宅基地收归村集体。老范说，旭东娘，也就是赵姨，老伴前年生病过世了，儿子已经在城区买了房，她独自住在村里。现在面临拆迁，她希望能在村里的安置小区分一套小面积新居，基本不用补差价。可她儿媳说，眼看孩子要上初中了，想在城区换一套面积大些的学区房，要婆婆选择货币安置，用拆迁费资助他们一下，然后在村里租一间旧房。现在村上的年轻人好多都在镇上或者城里买了房，村里这样的旧房子很多。再不行，也可以去城里和他们一起住，也好帮着照顾一下孙子。

“对于去城里住这种话，旭东娘是不信的。她为人厚道，性情温和，但也是有主见的农村妇女，知道自己儿媳的秉性，这不过是她为达目的的权宜之计。”老范叹了口气，“再说，卖了房，和儿子媳妇一起住，那不等于寄人篱下吗？这是旭东娘绝对不能答应的。在她的观念里，晚年有个老窝，即便再旧再破，那也是自己的安身之处。”所以，赵姨和老范说，不敢奢望儿子媳妇能给她养老送终，她打定主意，只要自己还能动，就必须有间自己的房。

赵姨的儿媳一看婆婆不同意她的计划，又心生一计，再次用孙子来打亲情牌，让孙子来说服他奶奶。明事理的孙子在明白了赵姨的心思之后，和她达成了统一战线。这下儿媳露出了真实的嘴脸，再不允许儿子与他奶奶视频通话，小长假也不让他回乡下看望奶奶。

可想而知，赵姨心里有多难过。但老范告诉我，她并没有屈服。不料，她儿媳居然闹到了村委会，说婆婆和一个常年租住在村里的上海退休老工人“不清不楚”，她不想将拆迁款给儿子媳妇，是因为喝了这个退休工人的“迷魂汤”。这个姓芮的既骗色又骗财，简直是个老混蛋。

这一招对赵姨真是致命一击。一辈子把名誉看得比命还重的她，一下子病倒了。老范实在看不下去了，在赵姨身体有所恢复之后，就把他们一家人叫到办公室，好好地批评了旭东和他老婆。正巧那天被我撞上了。

不知道谁说过，再强势的女人，一旦成了婆婆，免不了有一天会成为弱势群体。我们一帮生儿子的女伴也常常不约而同地担忧说，我们晚年的幸福都掌握在儿媳妇手里，所以选儿媳就是选择自己的未来。此话虽有些调侃的意味，却也道出了现实的无奈。虽然世界日新月异，中国女人的社会地位又是世界第一，但在婚姻家庭领域，婆媳之间即便出现了许多新的相处模式，两代人的观念冲突依然不可避免。尤其那些年轻一代中的利己主义者，他们的价值标准是双重的，简单地说，就是，我的只能是我的，而父母公婆的，也是我的。赵姨的儿媳就是这样的人。也因此，我们这帮身为“高知”的未来婆婆们，才会发出这样的悲叹。何况，挑选儿媳的主动权也不在我们手上，我们对此事的发言权有多大，完全取决于儿子的态度。

我这样一个身处大城市的所谓“高知”，忽然对一位农村老太的遭遇有了感同身受的体悟。那天下午，我把南飞燕扔给了罗金花，拿上一盒她从省城带来的糕点，去了赵姨家。

赵姨的家在珠溪村的最北端，从文杏别院去那里，要穿过一片坡地，绕过一座池塘。今年的梅雨季是加长版的，雨，像一个悲情的女子，自怨自艾，一唱三叹，不屈不挠，无休无止，颇像水漫金山，有冲破一切阻碍的气势。坡地的茶园上空弥漫着水汽，茶树硕大的叶片绿得油亮。这种当地人不屑一顾的大叶，却是日本人青睐的做抹茶的上好原料。池塘里，是“青草池塘处处蛙”的生动景象，几片浮萍、数朵睡莲，在阵阵蛙声里，营造出愈加静谧的氛围。

我想，眼前的景色赵姨肯定再熟悉不过了，她肯定不会像我们那样，说这是她生命的一部分之类的话，但是，就像十指连心，周遭的空气如同她的血脉，这里的一草一木，她都是割舍不下的。

远远地就见赵姨站在自家大门口，手搭凉棚朝着我来的方向张望。我在电话里说有事向她请教，她犹豫了一下，显然她猜到我的目的并没那么单纯，但还是答应了。听老范说，赵姨已经很久不出门也不见客了，但对我这个远道而来的客人，她不好拒绝，况且我不在她的亲友圈里，不至于令她太尴尬。

说请教倒不全是托词。上次婚礼上她唱的一些歌谣大都和女子有关，我便萌生了一个想法，可不可以将歌谣分成一个个系列，比如反映节气和农耕的，反映婚恋的，反映民俗风情的，等等。而其中反映女子生活的歌谣我特别感兴趣，这次来，就是希望能在赵姨这儿有新的收获。

赵姨之前正在堂屋里包粽子，左手边一只大木盆里泡着煮过的粽叶，右手边一只瓷盆里是浸泡过的糯米，点缀其中的赤豆像颗颗红玛瑙，衬托出糯米的雪白晶莹。我问赵姨，这粽叶是什么植物的叶子，看起来比嘉兴粽子的粽叶要更纤细，也更翠嫩些。她说是芦苇叶。我快速地在手机百度上查了一下，嘉兴粽子的粽叶是箬竹的叶子，南方包粽子一般用箬叶，北方一般用芦苇叶。江浙一带称包粽子为“裹”粽子，我听赵姨也这么说，但她用的粽叶却是北方人爱用的芦苇叶，这有点令人费解。我想，大概也是就地取材吧。况且，此地处在吴越楚文化的交界之地，历史上也经历过两次大规模的北人南迁，多种文化在此交融，也使得这里的民俗具有了更强的包容性吧。

我见赵姨裹的粽子各式各样，有一只角又长又尖的三角粽，也有一只角略长、头比较大的三角粽，还有像豆腐块一样的四方粽，它们和常见的嘉兴四角粽都不一样，赵姨说这些都是当地的传统裹法。我很好奇这些形状不一的粽子是如何成型的，她便微笑着坐下来，开始演示给我看。挑选两张粽叶稍稍重叠，折成尖斗，装米，用筷子塞紧，续上一张粽叶，完全裹住米，用麻线扎紧，一只尖尖的三角粽便裹好了。整个过程行云流水，没有一个多余的动作。我看得眼花缭乱，也想一试，不得要领的我，裹粽结果可想而知。

话题由裹粽子自然而然地说到了做一个江南媳妇应该具备的技艺，当然那是过去。在外种田，在家饲养猪羊鸡鸭，那都是粗活，除了这些，最考验一个新媳妇的是女红和厨艺。单说厨艺，饭菜做得可口那只是一方面，最重要的是一年四季各种节日的吃食都要精通。过年的团子、年糕，元宵节的汤圆，端午的粽子，农历四月初八的乌米饭，六月初九的馒头（此地称包子为有馅馒头），夏至的馄饨，中秋节的糖藕和烤米饼……每一个节日，都像是对新媳妇的一场考试，为了拿到婆婆颁发的合格证书，想必她们早在出嫁前两年就开始苦练内功了。

都说江南人的日子过得滋润、精致，其实维持这种滋润和精致的，常常是女人们的辛劳。逢年过节，大人小孩都开心，而女主人的开心里总还夹杂着压力和汗水，当然也有付出后的心安与自豪。可以说，旧时的江南女子都是生活艺术家，个个身怀绝技，能在有限的物质条件下，将日子过得风生水起，摇曳多姿。

赵姨说，如今的年轻女子和我们当年那是完全不一样了，不会做家务很普遍。这也不是坏事，很多女孩都把精力放在工作上了，成绩不输男人，我很赞成。当年我们也有铁姑娘队，我“大小娘”（姑娘）时还是骨干队员呢，放竹排，那真是一般男人都吃不了这个苦。我还当过女民兵，夜里经常背着枪到水库上巡逻，防止坏分子搞破坏。那时也是没日没夜地干工作，根本顾不上家，但是裹粽子、包团子什么的，从小就会。

说起往事，一朵红云浮上赵姨的脸颊。或许，她想起了撑竹排过险滩时的惊心动魄，和姐妹们同舟共济的过命交情；想起了夜巡水坝时的满天星光，某个男队员温暖的眼神和体贴的搀扶……

我问："你们那时候的女孩子，个个都心灵手巧吗？"

赵姨笑了笑，说："当然不是。总的来说，这里的女子都比较勤快，会过日子，但也有愚笨和懒惰的。就是一个娘胎里出来的，天资、性情相差很大的也很多。老话说，十个手指也有长短，歌谣里也唱，十二房媳妇，个个不同样。"

"您可不可以唱给我听听？"一听歌谣，我立刻显得有些激动。

"很多年不唱了，好多词都记不得了。"赵姨怕扫了我的兴致。

"没关系，记得多少唱多少。歌名就叫《十二房媳妇》吗？"

"嗯。我记得开头是这么唱的：第一房媳妇一枝花，手拿胭脂粉来搽，搽了胭脂拍白粉，身穿大红映白纱。第二房媳妇勤俭人，家里家外扫干净，二遍鸡叫梳光头，光头小脚出房门。第三房媳妇会绣花，一根绒线劈四丫（四瓣），前楼绣到后楼下，双双鞋子满墙花。……

"后面记不全了，还有会当家的媳妇，'里里外外都是她'；会纺纱的媳妇，'起早纺纱半斤把（多）'；会烧饭的媳妇'矮笃笃'（个子矮），'八幅罗裙着地拖……好像一只哺鸡婆'；懒媳妇，'灶头上灰尘二三寸'；还有的媳妇'凶张嘴'，'十家相骂九家赢'；还有的媳妇搬弄是非，'家来还要骂老倌'；还有邋遢媳妇，'一条棉裤十八斤，东太湖边汏一汏，西太湖边水也浑'。"

我差点笑翻。江南女子的缺点我也有所了解，说话刻薄的，心机深重的，爱占便宜的，搬弄是非的，也都领教过，但没想到也有懒婆娘、邋遢鬼，这实在和普遍的印象反差很大。我觉得《十二房媳妇》太生动了，那些话语简直就是从老百姓的生活里直接打捞起来的，活色生香的气息，就像这里的一道名菜“腌笃鲜”，那滋味只可意会，不可言传。

熟悉的旋律像缓缓驶过的帆船，搅动了岁月的河流，那些久违的镜头随着浪涛被一个个翻起，让赵姨也陷入了回忆：

“《十二房媳妇》还是有一年我跟我们文化站的惠老师学的，听他说，他也是早年在各处搜集民谣时，一位老婆婆唱给他听的，他立即记下了词和曲调。”

我想起那个看戏的夜晚，一直给我讲解《珍珠塔》前世今生的那个惠老师，戴着厚厚的近视眼镜，背微驼，人很瘦小，穿一件洗得发白的青色中山装，上衣口袋里插着两支钢笔。这是一个典型的二十世纪六十年代乡村文化工作者的形象，朴实，甚至有些木讷，却将自己从事的工作看得很神圣。他的外表很像农民，事实上家里还种着地，下班后他还要帮着妻子种菜喂猪，农忙的时候更要下田干活。但当他和你谈论起小戏小品，唱起民歌民谣的时候，你会觉得他身上很有文气。那是一种不同于书生气的东西，带着充沛的地气，因而有着活泼泼的姿态，笨拙的美，一种不显山不露水的力量。

对的。应该抽空去拜访惠老师，不仅是为了《十二房媳妇》，而是虔诚地向他表示致敬。我愿意相信，他抽屉里或电脑深处，都是些我梦寐以求的宝贝呢！

当即我给惠老师发了微信。说想去拜访他，顺便提到了《十二房媳妇》。很快他就回复："姚老师，民谣《十二房媳妇》我应该能找到。请稍等。如果您忙，就不用过来了，我找到后拍照发给您。"

真的就像泥土一样朴实。我心头顿时热乎乎的。想想也是，这些民谣就像散落在地头的珍珠，一颗一颗，要弯着腰去苦苦寻觅，然后洗去泥浆和尘垢，还要修复珠子上的瑕疵而不失其原貌，然后用一根线索贯穿起来，大量的"笨功夫"其实无人知晓。经年累月的搜集、记录更如同水滴石穿。最可贵的是，惠老师从来不把它们当成自己的私人财富。

不禁想起了王洛宾，想起了由他记录和改编的那些脍炙人口的新疆民歌，它们影响了几代人，深深融入了中华民族的情感基因。民歌民谣的传承，除了一代代传唱者的口口相传，也凝聚了无数搜集记录者们的心血。然而，无论创作者还是传唱者，搜集记录者还是改编者，绝大多数都只是无名英雄，歌谣中不会留下他们的名字。但是，会留下他们的精神印迹，留下他们对于人生、对于这个世界的感知与体悟。这是一种特别纯粹的集体创作，不带有任何功利目的，甚至，一首歌谣在流传的几十年、上百年中，不断地有人加入再创造的行列，他们在薪火相传中，看见了祖辈的面容，也照见了自己的内心。我想，这也是民歌民谣最打动我的原因。

过了不多久，我的手机“噗噜噗噜”响个不停，一看，是惠老师把《十二房媳妇》的油印稿拍了照，发给我了。

……

第四房媳妇会做人，知人待客顶呱呱，
客人未到茶先到，三村上下称赞她。
第五房媳妇会当家，里里外外都是她，
一笔写来一笔算，家里男人不如她。
第六房媳妇会纺纱，起早纺纱半斤把，
公婆大人都欢喜，糕粽团圆住娘家。
第七房媳妇矮笃笃，八幅罗裙着地拖，
烧茶煮饭蹲灶窠，就像一只哺鸡婆。
第八房媳妇懒婆娘，锅灶灰尘二三寸，
摸着螳螂当大虾，拎着蜒蚰当海参。
第九房媳妇面皮黄，天天困到大天亮，
姑娘小叔叫两声，她倒拖鞋皮不出房。
第十房媳妇凶张嘴，十家相骂九家赢，
私房藏钱贴娘家，人人骂她败家精。
第十一房媳妇嘴巴尖，搬弄是非嚼半天，
东村嚼到西村头，回家还要骂老倌（公）。
第十二房媳妇高又胖，大嘴阿姆吃四方，

一顿要吃两碗半，半夜还叫饿得慌。

十二房媳妇，就是旧时的大宅门，恐怕也很少见，想来堂房妯娌的可能性会大些。又或许这只是一种艺术的再现，创作者想要描绘的是形形色色的乡村媳妇，她们不再似人们传统印象里面貌单一的贤妻良母，而是个性鲜明，形象各异，有的光彩照人，有的暗香浮动，有的白璧微瑕，也有的被矮化丑化，令人唏嘘。即便是矮笃笃、丑兮兮的不那么被待见的媳妇，在我看来也是很美的。

想想也是，在一个相对封闭的乡村社会，离开父母与熟悉的地方，在另一个完全陌生的屋顶下，跟一群不曾熟悉的人生活在一起，并且要做一个有口皆碑的好媳妇，相夫教子，敬奉公婆，是多么不易啊。《十二房媳妇》里，有记录那些女子在暗夜里的叹息与唏嘘吗？在我看来，即便是不那么孝顺、贤惠、勤劳的女子，也会有她们各自的苦衷。“十二房媳妇”只是一个约数，其实是广袤田舍里无数媳妇的强大参照与约束依据。

我问赵姨，能不能说一个大家不待见的坏媳妇呢，如果不方便的话，可以隐去她的姓名。

赵姨不假思索地说了一个“苏州婆”的故事。

她叫唐依依。是苏州城里下放到这里的女知青。人长得白，高而瘦。乡村人背地里叫她“长脚鹭鸶”。

唐依依爱好文艺，唱歌像金蛉子一样好听。关键她还会跳舞，是那种踮着脚尖的芭蕾舞。有好几次，部队文工团下来招文艺兵，她差一点点就被录取了。不是她跳得不好，而是她的成分不好。

虽然没有被部队招去，但在公社文艺宣传队，她还是台柱子。她在舞剧《白毛女》里演喜儿，看她演出的人，特别是年轻人，眼睛都不肯眨一下。

一来二去，她跟演大春的建生好上了。建生家很穷，爹爹有腿疾，走路一拐一拐，在生产队里干一天只拿五工分。母亲倒是厉害，当过妇女队长，一双脚比男人的还大，人称郭大脚。她是个暴脾气，听说儿子跟一个苏州下放女知青好上了，浑身上下不开心。但是儿子偏要那个瘦得像玉米秆似的苏州货，她也没办法。话说回来，那个唐依依为什么肯下嫁到这苏南的乡下呢？主要还是成分不好，几次上调都被打回来，她家里的情况又那样惨，能遇到一个真心爱她的本地小伙子，贫农的金牌成分，她觉得已经是自己的造化了。

就这样，选了一个黄道吉日，"喜儿"跟"大春"喜结良缘。唐依依把铺盖从知青点搬到了建生家。从此没有人再说她成分不好了，她婆家是村上有名的三代赤贫。她公公黄龙大，虽然是个瘸子，口才却还不错，经常去本地学校和知青点"忆苦思甜"，也是个当地名人呢。

没想到，结婚没几天，唐依依就闹出了很多笑话。她婆婆郭大脚，气不打一处来。

第一是浪费，洗把手还要用香肥皂；每天晚上要烧热水洗身子，乡下柴草紧张，哪经得起她这么折腾？

第二是穿着打扮“妖娆”。虽然那个时代，男男女女都时兴穿黄军装，唐依依也不能例外。但是，遇上歇工的日子，她喜欢穿点自己喜爱的衣衫。天不冷不热的时候，她爱穿一件紧身的夹袄，暗紫色的，面料很轻薄，又柔软，手感好，还绣着花，那种光泽，特别好看，显出她细细的腰肢和丰满的胸部。她还有一双酒红色的麂皮鞋，鞋跟很高，鞋头是尖尖的。不出工的时候，她喜欢穿着这双高跟鞋满村头转悠，于是被围观，大家就像参观一个动物园里的怪物。

第三就是嘴馋，她苏州的娘家人倒是不来，但经常给她邮寄包裹，什么枣泥麻饼、五香豆腐干、桂花糕、绿豆糕、炒米糖、寸金糖之类。她倒是大方，包裹寄来，当众拆开，分与大家品尝。这一来不好了，乡下人哪里吃过这么好吃的东西。包裹寄到的那天，村上就像过节一样热闹。吃了苏州的糕点，大家突然觉得，平时自己吃的食物，不就跟猪食差不多吗？世世代代种稻米的农民，从来就认为，天下最好吃的，莫过于白米饭。因了唐依依不断收到的包裹，他们对自己的日常食物产生了怀疑，全村人对“好吃”的种种认知，被一个“苏州婆”给颠覆了。

郭大脚的心理天平严重倾斜，被围观的仿佛是她。她先是轰走村上人，然后开始训斥儿媳：贪吃懒做，馋嘴精，妖娆婆，不像个过日子的人！

唐依依的反抗，竟然是不吃不喝不吭气。但她的枕头下都是平时攒下的好吃的苏州货。家里的老鼠半夜里也分享到了千载难逢的美食。

第四当然是不会干活。她在知青点的时候，田里的重活都有男生们帮着干，她最多打打下手，再帮着男生们洗洗衣服做做饭啥的。连喂猪都喂不好，就别说莳秧割稻了。有一次她到田头给建生送饭，腿上被一条蚂蟥叮上了，一看见自己腿上爬着一条肥硕的蚂蟥，顿时就吓得晕倒在田头。赤脚医生赶过来掐人中，才把人救了过来。

西村头的唱春佬德宝，现编现唱了几句新民谣，真笑煞旁人：

螳螂屁股蜜蜂腰，
走起路来摇啊摇，
一个喷嚏三里香，
赛过当年地主婆。

唐依依听到了，气哼哼地拉着老公建生跑到德宝家讨公道。说她是螳螂屁股和蜜蜂腰都没关系，说她是地主婆，就戳到她痛处了。她说，她现在是贫农家属了，不是地主婆，她要德宝给她道歉。

德宝训斥她：没大没小的，按辈分，你婆婆还要叫我阿哥呢！我唱到你名字了吗？

唐依依要老公给她做主。可是，建生是个忠厚人，在长辈面前，他一句话也说不出来。

唐依依病倒了。

可见，民谣这东西，有时还像把软刀子。

如此一来，唐依依跟婆家人还能处得好吗？可怜建生夹在老婆和母亲中间，左右不是。在乡村，女人永远是男人的焦虑所在。有一天，唐依依跟郭大脚为了一点鸡毛小事拌了嘴，郭大脚气昏过去，躺在地上打滚。建生从地里干活回来，看到母亲在地上又哭又闹，以为是唐依依欺负了她，上前就打了老婆一记耳光。

乡下男人打老婆是常事。但唐依依哪里受得了？她先是跳河，被救起后，最终逃回了苏州，再也不肯回来。建生去苏州求她回来，等了好多天，她横竖不肯。

没有了唐依依的日子，村上平添了好多寂寞。她的绣花夹袄、麂皮鞋，以及太好吃的苏州糕点，终是随风飘逝。

还有她好听的歌声，她着了魔一样好看的舞蹈，都随之远去了。

人们说起她时，情感是复杂的。按传统标准，她显然不是个好媳妇。但是，正是她的到来，人们知道天下有个叫苏州的地方，有好多好吃的东西。

有一天，唐依依在她奶奶陪伴下，来村上了。一份内容简单的离婚协议书，要建生签字。那个苏州老太太，一脸的笑，跟村上人打招呼。她的穿着看上去很气派，但又都是简简单单的衣衫。那种得体的搭配，乡下人说不上来。

没有争吵。建生在签字的时候落了泪。最后是郭大脚送她们出村的。

唱春佬德宝追到村子外头，给唐依依赔了一个不是。他唱了一辈子春调，嘴巴活络是全村第一，但是，道歉于他，却是分外笨拙。

“那姑娘，其实是个好人！”很多年后，德宝很老了，还这么说。

赵姨的故事说得我心头沉重。唐依依，说她是特定年代的一个文化符号并不确切，她更是一个有血有肉的人啊！到今天，她也应该白发苍苍、儿孙绕膝了吧。我想去见见故事里的建生和那个唱春佬德宝。赵姨说，建生后来抑郁不振，得了一种奇怪的病，五十岁不到就死了，死在苏州的医院里，是唐依依知道后把他接到苏州去治疗的。

我听得心头一颤。

“那个唱春佬德宝呢？”

“那个老猢狲早没了。不过，他当年唱的那些春调，都被惠老师记录下来了。”

幸好，打败时间的还有文字。

赵姨的记忆仓库里，不但有许多乡村媳妇的故事，还有一些了不起的村姑姐妹故事。而本地的民谣里，有一首《十个姐姐梳头》，通篇也是摇曳多姿的景象。

就像路边应景的植物，随便掐一枝，都能流出新鲜的汁水来：

大姐梳头爱插花，一双巧手会弹棉花，
纺车嗡嗡到三更，织出棉布人人夸。
二姐梳头油光光，飞针走线日夜忙，
棉鞋布鞋都会做，衣衫补丁比花漂亮。
三姐梳头不妖娆，烧点小菜呱呱叫，
咸菜烧出山珍味，豆腐花鲜到脱眉毛。
四姐梳头爱刘海，起早摸黑种杨梅，
杨梅酿酒收入好，花香人香心里美。
五姐梳头辫子长，找个老倌背短枪，
光荣军属戴红花，随军千里守边疆。
六姐爱梳游泳头，科学种田是能手，
化肥农药样样懂，四季奔忙在田头。
七姐梳头秋夜长，断文识字好榜样，
初中跳级升师范，毕业回乡做先生。
八姐梳头喉咙响，考进戏班唱四方，

拿手好戏是花木兰，反串英雄杨六郎。
九姐梳头爱丫髻，进城学开拖拉机，
轰隆隆隆好威风，翻田耕地真牛皮。
十姐梳头一阵风，上台发言用麦克风，
社员大会表决心，铁姑娘队长打冲锋。

这段民谣给我的莫大欣喜，是始料不及的。它区别于旧社会那些苦情与哀戚的段子，通体有一种蓬勃向上的气息。说它是新民谣还真恰当。她们很平凡，像泥土一样朴实；她们像田野上的风，像清早的雨露，像洒在树梢的月光。十个姐姐梳头，梳出了她们的生存状态，她们的精神面貌，与《十二房媳妇》形成鲜明的对照。

这两个文本镶接起来，我们能够看到江南乡村妇女生活画卷的景深。

以下的女性故事，都是由赵姨的口述，我记录在采访本上的。赵姨的言辞似一支白描的笔，当年的那些姐妹们仿佛正从当年的田塍上向我走来：一张张红扑扑的笑脸纯净而真诚，掩藏不住的青春气息就像她们毛茸茸的脸颊，那是世界上最美的风景。那个年代的年轻女孩也不懂保养，更不知美容化妆为何物，她们整天风里来雨里去，几乎个个皮肤黝黑，却一样让人觉得美。我感觉，这些故事里的人物，足以对《十个姐姐梳头》提供有力的支撑。

尹雪梅。隔壁桑榆大队的小美女，在赵姨娓娓道来的叙述里，尹雪梅粉白细腻的肤色在一群黑妞当中特别显眼。小伙子们都喜欢她。雪梅人长得也清秀，五官并不十分出挑，但属于十分耐看的那种。关键是性情温和，还做得一手好针线活，裁衣做鞋样样精通，气质不太像农村姑娘，是方圆二十里年纪相当的小伙子们公认的梦中情人。他们背地里都喊她“花枝俏”。那年月，连不识字的老农民也会背上两首毛主席诗词，“花枝俏”的雅号就是从毛主席的《咏梅》里来的。

“花枝俏”的故事，并不像唐依依那样大起大落，不过倒也名副其实。尹雪梅不但像雪中白梅一样端庄秀丽，还像雪中白梅一样能沐雪傲霜，外柔内刚。雪梅的父母过世得早，她是家中老大，下面还有三个弟弟，一个妹妹。十六岁，她就开始了既当爹又当妈的日子。

除了参加生产队里的劳动，照顾弟妹们的生活，她还拜镇上的鲁裁缝为师。白天田地的农活够累人了，晚上回到家，还要烧火做饭，喂鸡喂猪，然后匆匆扒两口饭，走六里多山路，赶到镇上跟师傅学手艺。一个大姑娘家走夜路总是不安全，村里有好几个小年轻主动要求担当护花使者，雪梅总是羞涩地一笑，说，家里有三个半大小伙呢，就不劳你们大驾了。一句话，就让那些愣头青们的痴心妄想破灭了。

人民公社那会儿，种田人都盼望着落雪落雨，因为雨雪天不用上工，可以在家歇一歇。说是歇息，其实也舍不得干坐着喝酒聊天，男人总要修一修农具，或者打几双草鞋；女人们收拾一下屋子，缝缝补补一番。比起下地劳动，这些活，基本属于剧烈运动之后的整理运动了。

雪梅也盼落雪落雨，但她为的是可以白天去师傅的店铺，学一学师傅怎么招呼客人，给人家量体裁衣。雨天，去往镇上的土路泥泞不堪，下雪天也一样，江南的雪，落到地上就融化了。乡下人买不起胶鞋，雪梅总是赤脚穿一双自己打的草鞋，冬天也如此。戴一顶斗笠，穿上蓑衣，顶着呼啸的北风，深一脚浅一脚地行走在山路上。快到镇上了，就去河边洗洗脚，然后穿上钉上胶底的干净布鞋，再去往师傅的店里。

师傅明白雪梅的难处，坚持不收学费。事实上，雪梅也的确拿不出这笔钱。但她深知手艺人的不易，况且，师傅过去一直不肯收本地的徒弟，说白了，大家同在一个地方，教会了徒弟，徒弟就会和师傅争饭吃，这就是此地老话所说的“救了田鸡饿死蛇”。再者，师傅为了她每晚点灯熬油，一年下来，油钱也抵得上他给人做十件中山装的工钱了。雪梅对师傅说，等我出师了，师傅如果愿意留我，学费就在我工资里扣。不交学费，会坏了我们这行的规矩，也会连累师傅遭人议论，以后我就不好在社会上混饭吃了。

出师后，雪梅果然选择留在了鲁裁缝的店铺里，当了一名帮工师傅。这么做，当然有一开始单干生意不好的担心，毕竟她没什么名气，经验也不足。但这些都不是最重要的，她完全可以降低工钱，薄利多销的办法总会赢得一些客户的。况且，可以从熟人做起，同村的女伴们想来都会照顾她的生意，这一点雪梅还是很有信心的。留在师傅的店里，她主要是为了不和师傅抢饭吃，作为店里的帮工师傅，每做一件衣服，老板都有抽头的。当然，雪梅也有自己的小心思，在师傅身边，总还能多少学到点师傅的看家本领。

雪梅在师傅的店里一待就是三年。三年里，她每个星期都去店里领任务，晚上在家做，做完再回店里交货，领新任务。师傅破例同意她将一台蝴蝶牌缝纫机用队里的拖拉机载回了家，雪梅把它当作宝贝一样对待，从来不允许别人碰，每天都会将它擦拭得锃亮，还时不时加一点机油进行保养。农闲时上门给人家干活，她也把缝纫机护得比自己还周全，用她的话说，这个吃饭的家伙比人金贵。

冬季是一年中农家相对清闲的时光。当然，江南的农民总是被肥沃的土地推着走，基本不会像北方人那样猫冬，坐在热炕上吃着猪肉豆腐炖白菜，唱唱京韵大鼓或者二人转什么的。挖沟，筑坝，罱河泥，做草基塘……都是为着来年的春耕做准备。但节奏是舒缓的，精神是放松的，特别是进入腊月之后，就该忙过年的事了，心情也是愉悦的。

冬天，却是雪梅这样的乡间裁缝的大忙季节。

过年穿新衣，那是大人小孩期盼了一年的开心事，也是事关每个家庭体面的大事。有经验的家庭主妇早在做衣服的淡季，就到乡供销社买全了一家大小做新衣的布料，那时候买不但可以尽挑尽拣，价格还能打折。更有精明的主妇专挑“零头布”买，她们会和布柜上的营业员拉关系，给人家送些自家种的山芋南瓜、新鲜蔬菜啥的，很快就混熟了。这样，一旦有合适的“零头布”，营业员会帮着悄悄存起来，并托人带信给她们，而价格基本属于半买半送了。这颇有点像收藏界的“捡漏”，主妇们赚到的，不光是便宜，还有巨大的成就感。

乡间的裁缝都是请到家里来做衣服的。一家老小十几口人，棉衣棉裤，罩衫罩裤，衬衣单裤，要做的品类还真不少。当然，每个家庭成员一年也只能做一两件新的，但全家人的新衣怎么也得做上四五天甚至一个礼拜。这些天裁缝师傅吃住在主顾家里，饭菜是不能差的。可把孩子们高兴坏了。虽说师傅吃的是另做的，可孩子们多少总能沾点光，特别是家中的老幺，做娘的免不了格外心疼些，于是，其待遇便几乎赶得上裁缝师傅了。

雪梅上门给人做活总是随身带两个小本本，一个专门记给客户量的衣服尺寸，而另一本专门记账，在哪家做了哪些衣服，收了多少费用，那上面写得一清二楚。第二本是给她师傅看的。照理说，她做上门裁缝都是自己接的活，已经属于单飞了，可她依然坚持着师傅的帮工身份，理由是人要知恩图报，何况缝纫机还是师傅的呢。其实，买一台新的缝纫机对她来说，早就不成问题了。

一次，师傅告诉她：“常州有个缝纫培训学校，教的都是西装、夹克等西式服装的裁剪技术，我年纪大了，跟不上潮流了，你如果想学，我有个常州的表弟可以帮你报名。”

那时已经改革开放了，中国人的穿着开始变得洋气起来。在阳羡农村，先富起来的乡镇企业老板也穿上了西装，他们走南闯北，跟潮流那是跟得很紧的。有鼓起来的钱包撑腰，就是大上海的普通市民，也未必有他们新潮。当然，眼光总归还差些，人也还是土气。但派头必须十足，不然怎么和人家谈生意呢？

雪梅预感到这些新潮的样式很快就会在本地流行起来，以后谁会做西装、夹克，谁就会成为缝纫界的大佬。不久，她就坐在了常州某缝纫培训学校的教室里。这一期有三十名学员，每人一台新式电动缝纫机，老师手把手教，雪梅是最用功也是成绩最好的那个。

两个月的培训结束后，雪梅回到云湖镇，却没有急着打招牌揽生意，而是做了一个大胆的决定，办缝纫培训班。

过去她师傅是不轻易收徒的，怕别人和他抢饭吃。但如今不同了，老百姓的日子好过了，穿衣也开始讲究了，再加上有了流行的概念，制衣市场的需求呈爆发式增长，裁缝也成为吃香的职业。在常州培训学校，雪梅做过调查，他们每期招三十名学员，两个月一期，而且收费还不低，但仍然期期爆满。她算了一笔账，如果每期只招三名学员，一年只招四期，全年的收入也有现在的三倍多。

那时候还不时兴发小广告，但有一天，云湖镇上的人在镇政府门口的公告栏里，破天荒地看到了一则招生启事，字迹清秀，落款写的是桑榆服装培训班。这事成了那天全镇的一大新闻，惹得很多人前来看热闹，议论纷纷。原来，这招生启事是雪梅写的。她到底见过世面，有宣传意识，她让弟弟们把启事贴到镇上最热闹的地方去，结果弟弟们就把启事贴到了镇政府门口的公告栏里。那里经常贴出县法院枪毙犯人一类的公告，常常有路人在此围观，的确算得上是全镇的信息发布中心。

还别说，这一招果然灵，没出三天，就有六个年轻人前来报名。雪梅只有三台缝纫机，还是借了一部分钱买的。她不忍心打发人家回去，也舍不得。忽然，她灵机一动，可以交替上机操作嘛，三个人上机的时候，另外三人可以练习画图，一点也不会影响进度。那时候交通不便，学员晚上也要上课，就必须住在雪梅家里。床不够，就打地铺，妹妹雪琴负责买菜烧饭。那时候村里已经分田到户，家里的几亩地就交给了大弟二弟。连雪梅自己也没料到，小学毕业的她，一不留神，竟然成教书先生了。

培训班比雪梅预料的还要受欢迎，因为她教的内容时尚新颖，而且有一套科学的方法，除了裁剪、缝纫，还教设计、画图、配色等，完全是科班的教学模式。和传统的带徒相比，更加系统和全面，学制也短了不少。因此，不仅周边乡镇的年轻人慕名而来，就连离得较远的鹅洲、蜀山等乡镇甚至溧阳、武进等邻县，也有学员经人介绍而来。雪梅在当地，俨然成了响当当的名人。

办培训班的第二年，雪梅终于把自己嫁了出去。那一年，她已经二十六岁了。在乡间，这样的年纪早就是两三个孩子的母亲了。她的新婚丈夫是镇政府的办公室主任，姓魏。后来人们才知道，他俩已经谈了八年恋爱了，小魏等了她八年。为何要这么久？雪梅并非为了考验他，事实上她也没这个浪漫的心思。

小魏曾是大弟的中学老师，雪梅作为家长，一来二去，两人便熟识了。魏老师是工农兵大学生，他家在城里，当过知青。瘦高个，面净白，会拉小提琴，平时一副儒雅谦和的文人做派，但在篮球场上，却是名骁勇善战的中锋。那年月还没有追星、粉丝等的说法，但有魏老师在球场上，篮球比赛就成了表演，周围总有一大群女学生为他加油喝彩。他那一身的腱子肉，让十五六岁情窦初开的女学生们常常不由自主地脸红起来。

农村中学民办教师多，有相当一部分就是云湖中学的毕业生，上完县教育局举办的教师速成班，就回母校来教书了。

还有一些是知青中的优秀分子，最多也就高中毕业。师范毕业生倒是有两位，都是因为家庭成分不好，从城里下放来的。小魏是唯一的大学应届毕业生，所以一分到云湖中学，就成了年轻女老师们追求的对象。

但没有谁敢公开追求魏老师。那会儿还不时兴女追男，农村女孩到底腼腆，做了老师的农村女孩就有了身份意识，更容易端着。再者，大家都说这小魏家在城里，到乡下来不过是来锻炼的，待个两三年也就回城了，怎么也不可能在这里成家。这还都不是问题的关键。据消息灵通的季老师说，姓江的镇委副书记看上了小魏，确切地说，是他在镇供销社当会计的宝贝女儿看上了小魏，江书记要把小魏调到镇里去。

这一传闻让那些想入非非的女老师们及时地止住了脚步，并且很快得到了证实。一年后，魏老师调入镇委办公室，成为领导的秘书。但传闻也只是坐实了一半，不久，学校里的同事们发现，小魏并没有和那位娇滴滴的江家千金恋爱。正纳闷呢，又是季老师，据说得到了可靠消息，说小魏并非江书记帮忙调动的。一时间，大家有些摸不着北。

雪梅后来才知道，那位颇有些傲气的江小姐确实向小魏抛过绣球，只是后者比她更傲气，没有接。不过，当过知青，做过老师，早有历练的小魏，自然不会做驳人家面子的事，婉拒的理由也是合情合理的：女朋友是大学同学，外地人，也在老家当老师。工农兵大学生都是各地保送的，分配回乡是理所当然。

雪梅还知道，那会儿魏老师已经钟情于自己了，可她装作不知道。在她看来，自己无论哪方面，都比不上江丽妍。

在民谣《十个姐姐梳头》里，这位江家大小姐大概属于哪一类呢？这个且不说，至少，她也是云湖镇上不可忽略的一道风景吧。

漂亮，那是肯定的。即便在一众美女中，她也是最耀眼的那个。不是倾国倾城，而是与众不同。

有人说，一个人的出身是他或她一生也摆脱不了的另一张面孔。我想，尤其对于那些后天并没有主动修炼的人，更是如此。比如江大小姐。她父亲江书记是当兵出身，转业前是团级干部，转业时直接分到云湖镇当了副书记。自小丽妍就从不穿乡下丫头穿的碎花布衫。雪梅和她同在云湖小学读过书，她俩同级不同班。雪梅清楚地记得，冬天，丽妍棉袄外面罩的是粉色或大红的灯芯绒衫，胸前还绣着小花；夏天总穿的确良衬衫，上面的印花大家从来也没见过。雪梅印象最深的是一件短袖衬衫，白底上面印着酒红色的杨梅。她心想，现实生活中居然有这般华丽的衣服，就像电影里旧上海女人穿的旗袍一样，这不是资产阶级才穿的吗？但丽妍的父亲是革命军人，他的部队在广州，丽妍说广州城里的女孩子都这么穿。这让雪梅羡慕不已，也许，她对于服装的兴趣，就是从这件酒红色的杨梅衬衫开始的。因为这些在她看来漂亮得近乎奢靡的服装，雪梅对于另外一种全然陌生的生活充满了向往。

和丽妍要好的女同学有次悄悄告诉雪梅，丽妍家里有洋娃娃，还不止一个。有一对男女娃娃特别漂亮，是塑料做的，能够站立，手和脚还能活动，简直太可爱了。穿洋装抱洋娃娃的丽妍，当然像公主一样备受宠爱，不但是父母的心头肉，也是老师们最偏爱的好学生。普通话说得又比其他孩子好得多，经常是大会发言的学生代表，文艺会演的报幕员，三年级时就当上了红小兵大队长。

一个没有城府也没经历过挫折的小女孩，自然不懂得“木秀于林，风必摧之”的道理，恃宠而骄，便成了她与这个世界相处的方式。除了几个跟屁虫，女孩子们都不带她玩，她也不屑于此。至于那些粗鲁、邋遢的乡下男孩，更直接被她屏蔽掉了。

男孩子们在对待丽妍的态度上明显分为两派：有惊为天人、特别喜欢的，但大部分男孩受“不爱红装爱武装”的审美观影响，觉得她就是个小妖精。可无论是喜欢还是讨厌，在丽妍那儿都得不到回应。这严重打击了他们的自尊心，于是，他们结成统一战线，偏要在丽妍那儿刷刷存在感。他们有自己的方式：恶作剧。

乡间的男孩子，作弄人的本领和他们玩耍的本领一样，与生俱来。诸如藏一条毛毛虫在她笔盒里，悄悄丢几朵野花在她头上，那真是信手拈来，花样百出，防不胜防。对女孩子，他们自认为还是手下留情的。但有时候分寸感这个东西也是因人而异的，就像擦破点皮，在他们，那是家常便饭，但在娇贵的女孩身上，就是不得了的大事了。

有一次，这帮淘气鬼彻底后悔了。

那是个雨过天晴的早晨，当丽妍出现在教室门口时，全班同学的眼光齐刷刷地聚焦在了她的脚上，那是一双他们从没见过的白球鞋。他们觉得，那洁白的色彩衬得整个教室都暗淡无光了，包括教室里的他们。连男孩子们在心里也不得不承认，这双白球鞋征服了他们。然而，看着趾高气扬的丽妍，他们又觉得被白球鞋刺痛了。

接下来，两三个淘气鬼一合计，一个让他们想想都觉得解恨的陷阱，便在放学的路上布下了。

那是一条铺着青石板的老巷，也是丽妍回家的必经之路，三个淘气鬼一放学就在这里守着了。他们的秘密武器，是一块松动的青石板。

当丽妍的身影出现在离巷口还有五十米的拐角时，负责放风的一个淘气鬼慌慌张张地跑来报告，领头的鲍峻峰故作镇定地对两个手下做了一番布置，然后三人便来到巷口，等丽妍一出现，马上紧跟其后，一面拉长声调齐声念道：

你家有个妖娆女，

高跟皮鞋躄啊躄。
踩到一块西瓜皮，
一直滑到太湖里。

这是一个突然降临的短兵相接，丽妍平时再怎么眼睛长在额头上，对这些人不屑一顾，此时心里还是虚的。她不敢回头，还加紧了脚步。就在她快踏上那块松动的青石板时，鲍峻峰一个箭步冲到她前面，猛地用力一踩，那块青石板下面的污水喷射而出，丽妍的白球鞋立马遭殃，变得面目狰狞、乌黑一团糟了。

她脑子轰的一下子呆住了，看着三个淘气鬼一阵风似的跑远了，她却迈不开步子。

那天晚上，有邻居从丽妍家门口经过时，竟然破天荒地听到丽妍妈正高声地在骂女儿，而丽妍正哭哭啼啼地在门口刷那双怎么也刷不白净的白球鞋。这条街上的人都知道，丽妍是她爸妈的心头肉，平时一句重话也舍不得说，妈妈更是逢人便夸赞女儿聪明乖巧，在学校里样样拔尖，从幼儿园到小学，没有哪个老师不喜欢她。

眼前的这番景象自然让这位爱管闲事的女邻居好奇心爆棚，便借着进门劝慰丽妍妈，将一幕狗血的闹剧听了个结结实实，听得她嘴上帮丽妍妈骂着那帮捣蛋小赤佬，心里却乐开了花。

再说鲍峻峰。那天晚上他照例和一帮淘气鬼在老街上玩“追归家”，一种类似捉迷藏的游戏。但不知怎的，有点心不在焉，以致马失前蹄摔了一跤，被追家逮到一回，便谎称脚扭了，不玩了。等小伙伴们各自散去，他鬼使神差地悄悄来到丽妍家附近的一条小巷里，躲在拐角处，看见门口刷鞋的丽妍时不时地抹一下眼泪，这个顽劣的少年第一次感到了懊悔。只是他还不太能弄明白，自己到底是因为丽妍，还是白球鞋。他只是觉得那个哭泣的丽妍有点陌生，也不那么讨厌了，甚至有一点让人心疼；而那双漂亮的白球鞋，其实自己是蛮喜欢的。

第二天，硬着头皮去学校的鲍峻峰，却并没有等来意料中的一场大风暴。那个凶巴巴的班主任女老师居然既没有将他们三人叫到办公室一顿臭骂，也没有让他们回去叫家长。这反倒让他有些害怕了，难道这是暴风雨来临前的宁静？一整天，他都心神不宁，以致在班主任的课上被点名站起来，回答不出问题，倒是被骂了两句。思来想去，他觉得最大的可能是丽妍并没有告状，甚至没有在她父母面前供出他们。

“她肯定是怕我们报复。”一到课间，三个捣蛋鬼就凑在一起分析案情，其中一个很有把握地说。

峻峰不以为然，但他也猜不透丽妍的心思。多年后他们谈恋爱时，他问过她，后者的回答，让他深感一个小女孩心思的缜密。丽妍说，为了面子。

“白球鞋事件”就在那天糊里糊涂地画上了句号，但峻峰却发现，其实自己并不真的讨厌丽妍。或许，从一开始就是因为在意她。那个年代，乡间的男孩子，在感情上是懵懂的，也没有现在这么多资讯给予他启蒙或者暗示，有时他甚至分不清喜欢和讨厌。也许，喜欢和讨厌本就是硬币的两面，以他们的阅历和识见，又怎能分得清呢。但就是从那天起，峻峰开始用功读书了，为的是有一天能和他心中的女孩并肩站在一起。

其实丽妍的成绩一般，她的心思并不在学习上。年级越高，成绩越拿不出手，成了名副其实的“绣花枕头”。然而江父是镇领导，这点面子学校总要给的。于是，老师们都很愿意义务给她补课，但效果却不理想。没办法，在校长的暗示下，老师们只能通过悄悄透露考试题让她过关。就这样，丽妍没费什么劲，就混了个高中毕业。

可雪梅才小学毕业。家里孩子多，她很小便要帮着做家务，带弟妹，小学能念完，那还是她以不耽误干活为条件硬争取来的。

十三岁，雪梅成了一个地道的农民。每天和父母一样下地干活挣工分，回家洗衣做饭、喂猪、喂鸡。但和目不识丁的父母不一样的是，她已经见识过知识的力量，她下定决心要通过知识改变命运。

学一门手艺，是她能想到的最现实的途径。母亲也懂荒年饿不死手艺人的道理，答应她再过两年，等大弟小学毕业回家务农后，就让她去学裁缝。但父母的突然离世，让这一愿望晚了整整五年才实现。

雪梅十六岁那年年初，父母是在和村里人一起去无锡捉垃圾的路上，掉河里淹死的。确切地说，是母亲先掉进了河里，父亲跳下河去救她，结果两人都没能上来。父亲是会游泳的，江南水乡的男孩都是泡在水里长大的，游泳于他们而言，像走路一样，几乎是一种本能。事后，人们猜测，雪梅的父亲一定遇到了意外，是腿脚突然抽筋，还是撞上了礁石，或者被卷进了漩涡，不得而知。唯一确定的是，他们夫妇俩抛下五个孩子，撒手人寰。

千斤重担一下子压在了雪梅稚嫩的肩上。

在一种老套的语境里，“杨柳腰”是江南女子的标配，最能凸显其柔弱与娇媚，随风摆动的仪态自有风情万种。但其实，杨柳于江南女子而言，不是外在的形似，而是精神的神似。所谓“无心插柳柳成荫”，是说只要是临水之地，杨柳随便一插都能成活，而民间江南的女子都具备这样的生命力。都说“弱柳扶风”，其实杨柳的生命力恰恰表现在它的柔韧上。因为柔韧，才会在狂风暴雨中不折不断，坚不可摧。这一点也像极了民间江南的女子。雪梅就是这样的女子，当生活向她显露冷酷的面目之时，也将一种超乎年龄和性别的魔力，注入了她瘦小的身体。

魏老师后来在雪梅的一再追问下坦言，他就是被这种魔力俘获的。他还说，如果没有当知青的经历，他肯定会喜欢端庄秀气的女大学生，不会懂得欣赏雪梅这样的女子。

“不过，你的审美眼光让我很吃惊，我甚至觉得，你身上有种与生俱来的文艺气质。”魏老师动情地看着雪梅说。

雪梅脸一红，悄声说：“我一个小学毕业生，你就不要给我戴高帽子了。”停了一下，她低头腼腆地一笑，“不过，书我是喜欢看的。我有个很要好的女同学，她爸爸以前是县医院的医生，后来他们全家下放到了云湖镇。她家里的好些书我都借来看过，比如《红岩》《林海雪原》《创业史》，我都喜欢。但最喜欢的是《三家巷》，一连看了好几遍。后来，我做裁缝赚到第一笔钱后，就搭队里的拖拉机到县城的新华书店，想买一本，结果没买到。再后来，还是托乡办厂的一个供销员到南京新街口的大书店里买到的。”说着，她从枕头底下取出一本书，上面包着白色的书皮，“三家巷”三个手书的大字很清秀。小魏认得，是雪梅的字。

往事像落日的余晖，给赵姨皱纹丛生的脸庞涂上了一层金黄色的光晕。我仿佛看到了年轻时的她，有着健康的肤色，饱满的额头，也像现在这样，眼睛里泛着光。青春的记忆不管如何艰辛、坎坷，经由岁月的沉淀和发酵，最后都会变成芬芳的佳酿。陶醉的，不只是故事中的人，还有我这样听故事的人。

进入小暑，阳光已经十分灼人，还好，旷野的风很舒爽，没有像城市里那样的憋闷。而且，山里早晚很凉，白天积攒的热量也就迅速被消解了。

那天，起了个大早，我按照赵姨的指点，坐车来到云湖四十公里外的蠡河镇陶瓷商城，找到了那家名为“紫陶居”的紫砂工作室。

工作室不大，木制的花窗，中式的纱幔，水墨的字画，蓬勃的绿植，布置得倒还雅致。四周靠墙的几只橱柜里，摆满了各式紫砂壶，中间一张长方形的茶桌上，茶叶和各式饮具应有尽有。这样的工作室，在这个以陶瓷特别是紫砂闻名中外的镇上，遍地都是。据说，一把紫砂土，有三十万人靠它生活。用紫砂壶喝茶，在这里不仅仅是一种生活方式，更是一种生存方式了。“白天皮包水，晚上水包皮。”守着一把紫砂壶，可以遥想前世今生，可以追怀清风明月。这里的人们称之为“陶式生活”。外地人觉得，一边喝着茶，海阔天空地聊着，一边生意就做成了，这样的生活不要太惬意。其实，世上哪有这样轻松的事，且不说紫砂艺人做一把壶需要耗费的心力，还有长期伏案对于健康的损伤，就是包括职称晋升在内的个人的提档升级，客户群体的定位与培植，都是一场场持久战。而一旦经济大环境不好，这样一个非刚需行业，便首当其冲成为被割舍的对象。就像现在，疫情直接导致了行业的洗牌，传统的熟人销售模式受到很大冲击，而直播网红们却赚了个盆满钵满。

不过，我来紫陶居不是冲着紫砂来的，而是这里的老板。确切地说，是老板的母亲。老板名叫葛旭东，他的母亲屈祥芬，当年和赵姨同在一个铁姑娘队里，也一同放过竹排，是个干起活来连男人都怕她三分的主。

在《十个姐姐梳头》里，她属于哪个姐姐呢？都像，又都不像。我想到了一句诗：开在山谷里的野百合，从来就不娇弱，美，就是经历了雨雪风霜考验后的生命勃发。

因为没有他们的电话，我是贸然登门拜访的。不出所料，屈妈妈并不在这儿。她儿子说，母亲正在常州城里帮小妹带孩子，小妹赶上了二胎政策，有两个孩子。母亲虽然七十二了，身体还硬朗，也闲不住，就怕儿女们让她享清福，搞得好像她是个废人了。

真是个个性鲜明的老阿姨。儿女们耳濡目染，想必也多多少少继承了这样的脾气秉性。葛老板说起母亲，语气里颇有自豪的味道。听闻我的来意，他并不惊讶，只是连连招呼我在茶桌旁落座，忙着烧水，帮我泡茶，客气里分明多了几分热忱。

原来，多年前，当地报社有个跑文化条线的记者曾经来采访过他母亲。据那位记者说，她是从云湖镇新修的镇志中看到了一张照片，照片上，是一群姑娘放竹排的情景。当时这位记者正在筹划一组“寻访当年‘女汉子’”的报道，这张摄于二十世纪七十年代的照片，引起了她极大的兴趣。她辗转找到照片的拍摄者，镇上一位开影楼的老板，又从他那里打听到了照片上的一位姑娘，就是屈祥芬，便和我一样，顺藤摸瓜找到了这里。不过，她比我幸运，见到了主人公屈妈妈。

“不瞒你说，母亲一直以来都是我的骄傲，也是我的榜样。她的事有些我是听叔伯婶姆们说的，有些是我亲眼所见。”葛老板一面有条不紊地烫壶烫杯，洗茶浇壶，斟茶递茶，一面当仁不让地当起了母亲的代言人。

令我意外的是，这个代言人水平还真不赖。他没有平铺直叙地从母亲年少时说起，而是由一件发生在他身上的事起头，颇引人入胜。

“我刚结婚那会儿，发现妻子不大愿意和我一起回老家看望母亲，有时母亲带了自己种的菜，来我们家住上一两天，妻子好像也不大高兴，觉得家里多了个陌生人似的，对婆婆的态度有些不冷不热。母亲是多聪明的一个人，又特别自尊，以后便托人捎菜给我们，自己却不大来了，还总在电话里说她一切都好，要我们安心工作，不必经常回去看她。

“儿子出生后，妻子宁可请保姆，也不让我母亲来带孙子。我觉得她太过分了。可是她是个产妇，我不能和她吵架。再说从小到大，母亲总教育我，有理不在声高，吵架解决不了问题。后来，我思来想去，想到了一个办法——让我的岳父母来做妻子的思想工作。我岳父曾做过红旗陶瓷厂的副厂长，岳母是厂医。当年的红旗厂是省陶瓷公司下属的国营大厂，职工有两千多人呢。所以，我妻子也算是干部子女，难免有些娇气。但岳父母都十分通情达理。有一天，我就当着二老的面，聊起了我母亲的身世。”

在葛旭东的复述中，我感觉年轻的屈妈妈正向我疾步走来。

她走路永远是脚下生风的样子，仿佛脚上装着一个弹簧，不知疲倦。脸上也总是挂着微笑。不熟悉她的人，很难想象她是个年轻守寡的母亲。三十岁，丈夫病故，留给她三个年幼的孩子，和一屁股的债。

安葬完丈夫的第二天，屈祥芬就出现在生产队的麦田里。从她脸上，乡亲们看到的不是伤心欲绝，而是平静，干活却愈加卖力了。面对乡亲们的关切，祥芬说，身上的担子这么重，哪有工夫伤心啊。的确，生存压倒了一切，也将所有的伤感排挤出体外。如此，一个女人才没有软肋，才足以与命运抗争。想来，命运也一定更害怕这样的女人：不动声色，却能让那重重一击，砸在了棉花上。

也不是没有过再嫁的念头。可是谁愿意接这么个烂摊子呢？即便有，一想到三个小人儿将变成遭人嫌弃的“拖油瓶”，祥芬的心就凉了一大半。算了，老话说“家有儿女不愁穷”，儿女总有长大的一天。自己还年轻，苦个五年十年，等孩子们长大成人了，也就熬出头了。

人民公社的年月，再能干的女劳力，工分也拿不过男人们。祥芬很是不服气。那年，队里要抽调十几个男劳力组成副业队，负责到竹货场搬运毛竹，祥芬很想参加。但人家只要男劳力，怎么办？她觉得，必须给男人们一点“颜色”看看。

大队开会讨论人选的时候，祥芬忽然站起身来说，平常你们总说男女都一样，为什么一到派活记工分的时候，男女就不一样了呢？

一语起波澜，会场里一下热闹起来。女人们深有同感，小声附和；男人们则都在嗤笑她不自量力，有违常理。大队书记清了清嗓子，字斟句酌地表达了男女体力总是有差别之类的意思。

祥芬轻轻笑了一下，并不辩驳，却不慌不忙地抛出一个大招：“我们来个比赛怎么样？省得你们不服。从竹货场到码头，中途有个高坡，每人用板车拉上一千斤毛竹，能上得了这个高坡的人，就加入副业队。”

这下，会场里彻底炸了锅了，男人们个个嘴上依旧很豪横，心底里却多少有些发虚。有些力气一般的男人怕丢面子，干脆撤退了。

比赛结果，祥芬她们几员女将成功进入副业队。副业队分成男女两组，祥芬众望所归，成了女组组长。那张印在云湖镇志上的照片，准确地记录下了当年女将们意气风发的样子。这是属于那个时代女性的精神典范，和如今的网红脸体现的是不同的审美旨趣，我不能说孰优孰劣。但我以为，健康的、由内而外的气度与风采，最美。

照片背后的故事，才是动人心魄的。

那场运毛竹爬坡比赛，虽然吓退了一批男人，但其实，在整个毛竹运输中，其难度系数只能算中等。最难的是将竹排撑运到全省各地。毛竹用板车运到码头后，要扎成竹排，每块竹排放进河里，都像一只大木船。再用竹篾绞成的竹缆将五六块竹排连接在一起，就变成了长长的拖船，那阵仗，十分壮观。但对于放排人，这样的壮观恰恰意味着巨大的挑战。何况，放排的，是一群女人呢。

六个女人撑着长长的竹排阵，沿内河顺流而下，入太湖，过长江，在江南密布的水网中穿行，历尽酷暑寒冬，风霜雨雪，其间所遇到的艰难险阻，实在无法想象。尤其号称天险的长江，无风还有三尺浪，一个浪头打来，六支竹篙一起下水，每人必须抵住二三百斤的外力，才能保证竹排不偏离航道，否则就会险情频发。若再遇上恶劣天气，那就真的叫天天不应了。

这样的事不是没有发生过。有一年冬天，祥芬她们驾驭的竹排阵刚驶入长江的江心，突然刮来一阵巨大的旋风，绞得竹排直打转。此时迎面驶来一艘大轮船，只听得船上的高音喇叭向她们喊话：请竹排让出航道！情况万分危急，妇女们拼尽全力，无奈竹排像被旋风施了魔法，始终在原地打转，停不下来。

“大船越来越近，就在这千钧一发之际，只见一个身影纵身跃入冰冷的江水，奋力将长篙插入江底，双手牢牢握住长篙的另一头，双腿死死抵住竹排。竹排上的姐妹们也口中喊着号子，一同发力，终于将竹排推出了航道，避免了与大船相撞的危险。大船上的人们蜂拥至甲板上，惊讶地目睹了整个过程，不约而同对这个奋不顾身的小女子竖起了大拇指。”

这是那位记者写的一段报道，葛旭东当时看了无数遍，深深印入了脑海。每一次重读，他都会泪流满面。他从小便知道母亲支撑这个家不易，但从不知道母亲还有过这样令人胆战心惊的经历。

那天，当着岳父岳母的面，他拿出那张发黄的报纸，还说了很多他终生难忘的母亲的故事，说得岳父母和妻子也是无比感叹。最后，他对妻子说，虽然我出身贫寒，但母亲的言传身教，不但影响了我的成长，更会让我终身受益。岳父也语重心长地教育女儿：老话说，家有一老，赛过一宝。你有这样的婆婆，真是前世修得的福报。你一定要好好珍惜，好好孝顺她老人家。

屈妈妈这样的女人，是艰难岁月造就的特例。现在看来，放排运毛竹这样的苦力活，的确不适合女人干。可是，生活往往不和你讲道理。而要强的女人，懂得与生活讲和，她们的肩膀看似柔弱，却能扛得住命运的不公。

与命运抗争的女人们啊，真应该有更多的新民谣去传播你们的故事。如此看来，《十个姐姐梳头》的续篇，还等待着今天的人们去书写。

小暑（下）——一辈子的『田家乐』

苏杭尚说阳羡好，
话不虚传果是真。
说阳羡来话阳羡，
东西南北五城门。
东进鲜鱼小菜，
西进白米鲜菱，
南进干柴茶叶，
北进豆麦人参。
……

在回文杏别院的路上，忽然接到了胡阿喜的电话。他告诉我，托人找到了他的民歌师傅陈三林老人。老人九十多了，身体已不大好，所以他会尽快赶来，带我一起前去拜访。

这个电话让我又欣喜又紧张。我不明白的是，胡叔为何说“尽快”，而不是明天？在焦急等待了三天后，见到胡叔，才知道他女婿前两天旧病复发，住院了。这个节骨眼上，老丈人要为了无关痛痒的什么民谣而离开，显然说不过去。最后胡叔以师父病危为由，才挤出一天时间，匆匆赶了过来。

我立刻借了罗金花的汽车，和他赶到二十公里外的茂华镇竹海村，在一间用黄石垒基的青砖瓦房内，见到了病榻上的陈阿公。

老人十分清瘦而衰弱，在这个炎热的季节，还穿着马夹，盖着薄被。室内并没有开空调。老人所有的颜容身形，都在叙说着苍老与病痛给予他的摧残，唯有一双炯目，暴露了这个男人的性情。

来的路上，胡叔已经详细讲述了阿公的身世。这个放牛娃出身的民间歌手，有着一副天生的好嗓子，而且，用如今的话说，音乐天赋很高，歌声十分优美。不识字，记忆力却超强，无论什么歌，只要听上一遍，张口就能唱。肚子里到底存了多少民谣，连他自己也说不清。

在一旁服侍的陈阿公的女儿，看上去也有六十多了。见有远客登门，赶紧把我们请进阿公住的内屋。老人的视力已不大好，但听见有人大声喊他师父，便挣扎着一定要坐起身来。他很快听出了胡叔的声音，紧紧握住胡叔的手，连连叫着“阿喜”，眼里全是惊喜的泪花。

不一会儿，就见阿公的女儿端来两碗红枣鸡蛋汤，每个碗里有三个水潽蛋，还搁了不少红糖。胡叔悄声对我说：“这是我们这里的待客之道，年轻人已经不讲究这个老礼了，你多少吃一点，意思一下。”我因为血糖有点高，早已戒糖多年，但这碗甜汤我吃掉了一半，不只是出于礼貌，还因为久违了的红糖味道，质朴而温暖。

寒暄中，陈阿公并没有过多谈及自己的病情，对于生老病死，表现得特别坦然，仿佛一棵老树，经历了花开花落，叶荣叶枯，早已洞悉了生命的循环往复。他得知我们的另一个来意是为了民谣后，反倒显得有些不安。毕竟年纪大了，他担心自己有关民谣所剩不多的记忆，帮不上我们什么忙。胡叔说："师父你还记得《田家乐》吗？那是你最拿手的，还能给我们唱上一段吗？"

"田家乐"三个字，一下让陈阿公黯淡的眼睛里有了火苗。胡叔告诉我，听老辈人说，这首歌谣是从明朝传下来的，关于它有一个古老的传说。

相传明朝万历年间，太湖边的浯泗渎村有个名叫朱文耀的年轻后生，念过几年私塾，因家境贫寒，无法继续上学，也就断了科考之路的念想，只得回家务农。"渎"字，词典里的解释，本意为小沟小渠，亦泛指河川。但在阳羡一带，"渎"则特指太湖边的土地。那土地真是少见，被太湖日日滋养着，肥沃是肯定的。更难得的是，白天，有阳光的照耀；夜晚，东南风一吹，太湖的潮气又将土地全部浸润。这种当地人所说的"夜潮地"上种出的瓜果蔬菜，能不鲜美吗？因此，这里的人们对于太湖特别感恩，慷慨地让近百公里太湖西岸线上的所有村庄都以"渎"字为名，茭渎、澄渎、汤渎、徐渎……

最多的时候，有超过一百个渎村。

在他们眼中，这里的沃土既是个宝，又是个催命鬼，让人一刻也不得闲。因此，渎上人家，如果没有一副好身板，相当受罪。朱文耀就是如此。他从小体弱，干农活力不从心，又酷爱读书，因此他种的几亩田地年年歉收，一家老小温饱都成问题，更没有余粮上交衙门了。有一次，他连续三年未交钱粮，竟被官府捉去，判刑三年。

牢里的生活虽然清苦，却有大把大把的时间可以挥霍。有的人感觉闲得要发疯，但有的人反而觉得，可以听见自己内心的声音。朱公子便是后者。在无数个皎月临窗的夜晚，他想起了自己的童年，想起一路走来的所得所失，想起了养育他的家乡，还有家乡优厚的自然禀赋和人文积淀……一时间，他感慨良多，有种不吐不快之感。他问狱卒要来纸笔墨砚，接下来的数个夜晚，他将所思所想写成了一首超长民谣，名为《田家乐》。朱公子有文化，又种过田，既有识见，又接地气，因此，这首《田家乐》既通俗易懂，朗朗上口，又内容丰富，寓意深刻。写成民谣是为了传播，他要让那些不识字的乡民们也能喜欢听，喜欢唱，通过口口相传，让更多的人从中受到启迪。

这首《田家乐》的脚本后来传到了县官手里，县老爷看了之后大加赞赏，没想到这个逃税漏税的穷酸书生，还有这等心怀天下、教化民心的抱负，于是下令释放了朱公子，并要求他负责将这首民谣教授给四乡八村的乡民。

也许你会说，朱公子的创作动机不纯，他肯定是像现如今的一些罪犯那样，想通过好好表现，提前出狱。关于这一点，我无法驳斥，因为史书上没有记载。不过，即便他有这样的想法也无不可，难道天下还有牢犯想把牢底坐穿的吗？他究竟是写出了一部可以口口相传的民谣。试想，很多传世名作，“文王拘而演周易”，周文王的《周易》一书，不就是在监狱里写成的吗？意大利思想家、作家康帕内拉的《太阳城》一书，也是在监狱里完成的呢。

朱公子一定不会想到，这首牢狱里诞生的作品不但流传了几百年，历史还因此记住了他这一介草民。

历史也同样记住了一位叫陈三林的民谣歌手。

在当地《茂华镇志》的一页彩色插页上，有一张陈三林老人在舞台上演唱《田家乐》的照片，正值中年的他健壮挺拔，意气风发，那身姿、动作，一看就很有表演经验。镇志中的“民间文艺”章节，也有专门介绍他与《田家乐》的一段文字。

“比起百姓们对《田家乐》的喜欢，这些都算不得什么。”阿公不是谦虚，相比方志的记载，他更看重观众的掌声。

“几十年里，我唱《田家乐》最多的地方，不是舞台，而是田间地头。任何时候，只要乡亲们叫我唱，我就会来上一段。”记忆的闸门正在缓缓打开，那些刻进灵魂的唱词正在他的脑海里苏醒、集结，像一个个潜伏的战士，纷纷回到歌谣的队伍里，只待一声令下，便会从他的喉咙里喷薄而出，汩汩流淌。

我不失时机地小声对阿公说，我们想给您录个像，留个纪念。老人沉默了许久，点了点头。

他把女儿叫了进来，他要起床。女儿有些迟疑，想劝阻，看了我们一眼，最终什么也没说，俯身摆好鞋子，从抽屉里找来一条外裤，准备帮父亲套上。我和胡叔默默退到了堂屋。

门外的天空堆满了云，阳光只能见缝插针从云层的疏漏处透露出来。没有风，空气仿佛喝饱了热水，负氧离子反倒被挤得缩了起来，让人觉得憋闷。今年的梅雨季已经一个多月了，还没有画上休止符，连绵不断的雨天与这种闷热潮湿的晴天隔三岔五地轮番轰炸，让人苦不堪言。

我观察了一下堂屋的环境，觉得在此录像比较合适，便取出设备，接通电源，架好摄像机，调好话筒音量，静静地等着阿公的到来。

过了差不多二十分钟，房门打开了，阿公拄着拐杖走了出来。他已经和刚才躺在床上的那位老人判若两人。眼前的阿公，一头白发梳得很整齐，穿着褐色对襟唐装，有团花暗纹，一字盘扣，带着深深的折痕，显然，这是件很久没有上身的正装。下身深灰色的长裤十分挺括，裤缝明显。听我们夸他的衣着好看，阿公略带羞涩地一笑，说，这身行头还是过九十岁生日时女儿给做的，也就生日那天穿过一回。

阿公坚持要站着唱，我没有反对，站在身旁帮他拿着话筒。他面对着镜头的方向，一双视线模糊的眼睛中的眼神却仍然十分有力。当一个苍老的无伴奏男声缓缓响起时，我一度有点想落泪。

盘古初开混沌分，
三皇五帝定乾坤。
禹并九州汤得业，
秦吞七国汉朝兴。
……

每唱一段，阿公都会坐下来喝口水，歇一歇。这也是我们的要求。有时他唱着唱着忘词了，会像孩子一样显得很无措，连连说，年纪大了，真是不中用了。我告诉他没关系，可以随时停下来，唱错了，可以重唱那一句，不必从头再来。休息的时候，胡阿喜会帮老人复一复唱词，阿公卡壳了，他也会小声地提醒。

在这个闷热的仲夏午后，一首古老的民歌，就像阿公身上那件唐装一样，被我们从记忆的箱底翻找了出来，上面的图案竟然还是那样鲜亮有神。我听着阿公的歌声，想象着这歌声在属于它的漫长年代里，也像这梅雨季里的香囊、艾草、菖蒲和雄黄酒，是乡民们生活里不可或缺的一部分。

《田家乐》共有二十段，我们用了整整三个下午才将它录完。胡叔每天很早就起身，烧好一天的饭菜，送到医院给女儿女婿，自己再带上一份上班。吃过午饭，让人顶班，然后坐车直接到师父家。录完像我开车送他回城里，他接着上夜班。

有时我们赶到阿公家，老人还在午睡，我们就去村子里转悠，拍农家宅前屋后的果树、篱笆，拍路上闲逛的鸡鸭，拍蒙蒙细雨中的村庄，拍田野里碧绿的秧苗……这些，都是配《田家乐》很不错的画面。

录制完成的那天傍晚，下起了瓢泼大雨。天留客。我和胡叔便没有过分推托，在阿公家吃了晚饭。胡叔给顶他班的老弟打了电话，城里也在下大雨，停车场生意清淡，他就请了假。阿公的女儿烧了蛳螺，煨了土鸡，还有红苋菜、嫩蚕豆、炒蒜苗，都是当令鲜蔬。且都是自己栽种的，不施农药化肥，跟我们平时在超市里见到的同类菜蔬，口感和味道全然不同。这么说吧，大棚里的蔬菜跟承接天光地气的蔬菜口味，能是一样的吗？

这顿晚餐有点庆功宴的味道。

陈阿公很兴奋，他让女儿拿出孙子端午节时送来的花雕酒，坚持要胡叔喝上几杯。胡叔很清楚，这样的机会以后不大会有了，今晚也不用上夜班，就欣然端起了酒杯。他要让师父开心。

阿公和我一样，喝的是白开水。他一次次地端起茶杯，向我们敬酒，脸上的皱纹里都藏着笑意，和胡叔聊着当年的一帮徒弟们。连续三天录像，老人明显露出了疲惫之色，所以他更多时候是静静地聆听，微笑着点头，偶尔插上一两句。

胡叔对我说，师父年轻时，第一次听一位老先生念诵这首《田家乐》就非常喜欢，追着人家要学，后来还用当地流传的山歌曲调“翠竹调”为它配了曲。这也是他唱了大半辈子的保留曲目。当年，师父带着我们一帮徒弟在相邻几个乡镇的很多村庄巡演，真是出尽了风头。

我发现，阿公的眼睛里闪着光。

胡叔的描述，在我的眼前展开了一幅乡村唱大戏的热闹景象。土夯的大晒场，简陋的戏台子，卖力表演的业余演员，目不转睛或交头接耳的观众，满地的瓜子壳、甘蔗渣，树杈上、草垛上仿佛剧场包间里居高临下的观众……还有场外追逐打闹的孩子们，他们分明是不受欢迎的捣蛋鬼，其实也是乡村大戏不可或缺的一部分。况且，他们的快乐一点也不比看一场演出少。

四个精壮汉子一出场，台下忽然就安静了下来。连场外调皮的孩子们也不由自主地停下脚步，定定地看向舞台。四人的气场太强大了。那是陈三林和他的徒弟们。其中那个眉目最清俊的，便是胡阿喜。彼时，阿喜还是个刚满二十岁的壮小伙，眼波清澈，面容羞赧，像一株粉绿的新竹，带着毛茸茸的稚气。四人穿着粗布白背心，颈上搭着一条白毛巾，灰黑长裤上系着宽宽的白布腰带，赤着脚，扛着锄头铁耙。黝黑的面庞，炯炯的目光，发达的肌肉，凸起的青筋，无一不在显示着农家汉子的力量与勤勉。

突然，小锣小钹和缸鼓齐声奏响，很快，二胡与竹笛加入进来，翠竹调的旋律就以这种铿锵的节奏一泻而下。

盘古初开混沌分……

四人的轻声合唱，像从天边隐隐传来的歌声，有着穿透历史帷幔的神力，将观众带入久远的年代。

不唱君王坐北京，
只唱家乡好阳羡。
东近湖滩水地，
南近浙江长兴。
西近溧阳渡口，
北近武进运村。

陈三林浑厚而富有磁性的声音响起，全场的目光都聚焦在这个农家汉子身上。头顶吱吱作响的美孚灯将他的身影衬托得如此伟岸，一时间，姑娘媳妇们只顾着发呆，完全忘记了听他在唱些什么。她们痴痴地想，这个平日里和大家一起挑担莳秧的汉子，为什么一上台就如此光彩照人，肚子里居然有这么多“山海经”，真是让人捉摸不透。男人们则相反，他们也很专注，却是专注于陈三林唱出的每一个字，这些唱词让他们的心胸变得开阔起来，眼光射出很远很远……

东西两氿来绕护，
中间造起阳羡城。
……
远看青山隐隐，
近看绿水澄澄。
长桥潘祖造起，
赵公先坐客厅。
圣人殿造在南门外，
周将军（注：周处）立朝小东门。
……
苏杭尚说阳羡好，
话不虚传果是真。
说阳羡来话阳羡，
东西南北五城门。
东进鲜鱼小菜，
西进白米鲜菱，

南进干柴茶叶，

北进豆麦人参。

……

陈三林和徒弟们的对唱，像四个汉子在集市上搭伙做生意，你一言我一语，讲得滴水不漏，说得热火朝天，引得围观者们情绪亢奋，欲罢不能。此刻，他们的歌声仿佛东方持国天王多罗吒弹出的琵琶音，以一股不可阻挡的魔力，将台下的观众们变成了入定的僧众。大家的心被这种魔力牵引着，飞离身体，飞到了阳羡城的上空，俯视着这片山水清明的土地。

真的太美了！这些平日里面朝黄土背朝天忙着在土里刨食的乡民，或许还真是第一次发现，自己的家乡就如一幅色彩斑斓的山水画，亦是物产丰饶的人间天堂。与苏杭相比，毫不逊色。这样的发现令他们欣喜，更令他们振奋。在这样一块上天厚爱的沃土上，只要风调雨顺，国泰民安，他们就能凭借自己的双手，过上富足祥和的生活。有了这样的铺垫，这样真切的代入感，接下来，陈三林的一段听起来颇有说教意味的唱词，便不会让观众们反感。

各样事情能勤俭，

样样事体可收成。

和尚道士能勤俭，
朝钟暮鼓闹盈盈。
肩挑步担来勤俭，
半两花银积万金。
若是田家勤俭，
年年米麦余存。
懒惰农夫不信，
可记太祖（朱元璋）辛勤，
为得南京龙椅坐，
马上交锋十八春。
穷只要苦经营，
富了何须满言，
富者休夸到老，
贫者莫怨苍天。
久富皆因勤俭，
长贫懒惰贪闲，
贫富不是天命，
富贵总是辛勤。
……

这是阐发主旨的唱段，也是整首歌谣的点题之笔。平白的语言就像出自目不识丁的最普通的农人之口。其中的道理也很朴素，但其承载的价值观却并不完全出自农家。或者可以说，这是一种建立在理想社会基础上的价值观，它淡化了政治、经济、社会、文化等外部环境对于农民的影响，而夸大了农民自身的主观能动性。其实，二者的影响力从来都是倒悬的，农民可以做主的事真的不多。歌谣这样说，当然是为了突出主题，劝勉农家要勤俭致富。也是为了便于表达，毕竟一首民歌歌谣无法面面俱到。当然，更重要的，这是官吏们最喜欢听的话，要不然，那位传说中的朱公子也不会因此咸鱼翻身，一夜之间，从身陷囹圄的囚犯，变为教授民谣的先生。

不过，在我看来，这首歌谣的精彩之处在后面，也就是对一年十二个月农事的细致描绘。这是生动的写实，充满了民间智慧，却绝非浪漫的田园牧歌，而是饱含着农家的艰辛与坚韧，希冀与喜悦。

你听，阿喜声情并茂的歌唱：

开春新年起头，
纷纷拜年郊游。
拜到年初五六，
归家心头忧愁。
思量一年春为本，
抓紧备耕春耕。

早年，老听人说阳羡农村有句老话，“拜年拜到大麦黄”，便一直以为，此地乡间，过年的尾声直到阳春三月才会真正画上句号。其实，真是冤枉了此地勤勉的农人了。听歌谣里唱的，农人在大年初五初六，便无心拜年，归家心切，开始着手备耕春耕了。或许，新年伊始，他们在阖家团圆的夜晚，举杯畅饮的间隙，就已经在思量着开春开沟做埂、耕田犁地、备种积肥等事情了。又或者，老把式、新能手们聚在一起喝酒聊天的话题，就是开春种地的事。毕竟，一年之计在于春，春耕秋收，那是农家的根本。又有老话说，“人勤春来早”，相比于漫天风雪的北国，江南农家的春天，真的从春节就开始了。

二月惊蛰又春分，
枯草回芽来发根，
闲是闲非少管它，
林中百鸟来争鸣。
白天莫让时空过，
做到天黑点油灯，
耕种及时保季节，
精耕细作土变金。
……
拖起毛竹穿罱，

打点水面浮游，
河泥多罱几船，
田稻格外青秀，
穿着蓑衣加田埂，
牢记"春雨贵如油"。
清早要去转田头，
脚勤多转外圩田，
一年之计春为早，
好田薄田都丰收。

听着这样一段唱，仿佛有早春江南田野里吹来的风拂上面颊，有些清冷，但夹带着泥土的腥香与草木的清香，那是农人们再熟悉不过的大地母亲的鼻息。闻着这样的气息，农人们油然而生孩童般的依恋与踏实感，也会不由地想用更加努力的劳作来回报她。

土地给我们以哺育，也教会我们道理。这些道理不是谁灌输的，而是农人通过与土地日日耳鬓厮磨悟出来的。比如，"闲是闲非少管它，林中百鸟来争鸣。"林中百鸟争得再欢，在农人看来，也是枉然。农民的锄头，每一下都要落在实处，那些与生产生活无关之事，纯粹耽误工夫。管别人的闲事，也会招来不必要的麻烦。不过我想，邻里乡亲相互帮衬，在乡村的传统里，那是分内之事，不能算作闲事的。再比如，"耕种及时保季节，精耕细作土变金”“一年之计春为早，好田薄田都丰收”，言下之意，只要早做打算，下足功夫，薄地一样有收成。正所谓种瓜得瓜，种豆得豆，土地从来不会糊弄人，所以，人也要像土地一样实诚。

三月清明谷雨天，
农夫下地去锄田。
天晴休要错过，
下雨莫怨苍天。
青草多樵几担，
闲时扁干挑完。
……
正当下秧浸种，
劝君切莫迟延。
忙里偷闲抽空，
周围埂脚翻翻。
妻子去送茶饭，
梁鸿孟光一般。
四月温和立夏天，
心中常记古言，
君要在朝起早，
臣要夙兴夜寐。

君臣尚且如此，
你们岂可闲散？
困人天气吒多日（人容易困乏，干活的时间少），
竭力耕耘要向前，
日日朝朝早起，
时时刻刻休闲。
莫把时间躲雨，
情愿落湿衣衫，
乡村四月闲人少，
才了蚕桑又种田。

台上的演员唱得卖力，台下的观众听得入迷。他们瞪大眼睛，竖着耳朵，生怕错过一个字。为何？因为这歌谣里唱的全是种田的学问。种田还真是个技术活，什么时令要干哪些活，怎么干，那是很有讲究的。大家不时地小声议论着，说写这个歌谣的，肯定是位种田的行家里手，一年四季这么多农事，他居然说得一样不落，而且井井有条。几位老把式也边听边点头称许，说这个写歌谣的了不起，不光把农事整得清清楚楚，而且能用这么简单明了的话写下来，肯定是个读过书的农民，要不然就是像唱道情说大书的民间艺人一样，是个出口成章的高手。

胡叔后来和我说过，他迷恋《田家乐》，是因为在他看

来，它就像一本农事的教科书，他每一次唱，都会有新的收获，那里面的学问大得很。你看，按照歌里面唱的，种田不光要遵循时序，顺应自然，还要讲究统筹兼顾，劳逸结合。比如，像上面那段所唱的那样，四月人容易犯困，但农事正当繁忙，所以要早早起身，干活的时间要拉长，而且宁愿下雨淋湿衣衫，也不能误了农时。实在困乏，也可在田埂边、树荫下打个盹，待精神好些了，立刻加紧干活。

而在我听来，歌谣的作者真可谓不厌其烦，苦口婆心。他在每一段里都要变着法地插进几句劝人上进的话。比如上面这段里，他说："君要在朝起早，臣要夙兴夜寐。君臣尚且如此，你们岂可闲散？"还有其他，比如："懒惰农夫不信，可记太祖辛勤，为得南京龙椅坐，马上交锋十八春。""穷只要苦经营，富了何须满言，富者休夸到老，贫者莫怨苍天。""勤俭富贵之本，懒惰贫贱之由，笑煞江湖名利客，不如种田少担忧。"他既拿君臣做比较，又是抬出明太祖得天下的掌故，还不惜贬低江湖中人，真是煞费苦心。说实话，他的这些观点难免有失偏颇之处，但其初衷还是值得肯定的。

胡叔还说，他很喜欢《田家乐》里面的生活情趣。比如，在田里拔草时，"遇着田邻知己，大家高唱几声，闲人莫道快乐，田家赛过仙人。""唱起渔樵耕读，引来村姑牧童，好比小唐皇出力跳山涧，又好比薛仁贵跨海去征东。"辛苦耕作之余，唱唱小戏，哼哼小曲，这是农家对现世安稳的由衷热爱与质朴赞美，那里面包含着他们对于幸福的理解。“九月霜降菊花黄，早稻先樵收上场，先将糯稻晒匾，新酒先做几缸。请了三朋四友，东邻西舍尝尝，大家吃得醺醺醉，一事不忘共商量。”这里有把酒话桑麻的古风，五谷丰登后的喜悦，亲朋邻里间的交往，也有对自己忙碌半年的犒劳。就像是一幅丰收图、风情画，芬芳的美酒溢出了画外……

面对这样一个文本，就像面对一缸封存多年的佳酿。即便不取一瓢饮，闻闻香味，也可以醉倒在温柔乡里。

就在阿公不多的言语里，我听到了一个陌生女子的名字，许小满。听阿公的意思，这个许小满和胡叔是他最好的徒弟，两人还是黄金搭档。当阿公问起许小满的情况时，胡叔的表情显得不太自然，支吾着说，那年我离开阳羡后，我们就断了联系。

估计有戏。我对这个许小满产生了浓厚兴趣。

在送胡叔回城的路上，经不住我的围追堵截，胡叔证实了我的猜测。这个叫许小满的女人是他的初恋。有关他俩的故事，他会找机会原原本本地告诉我。不过，他有个条件，就是要我帮他找到这个许小满。这也是陈三林老人交代给他的任务。

这个狡黠的胡叔，在这儿等着我呢。

大暑——太湖边，种瓜得豆

桂花开来是中秋，贫富二字世上有。

穷的哪有穷到底，富的哪能富到头。

有钱无德非为贵，有德无钱不算丑。

穷人终有翻身日，富人不仁根难留。

……

与罗长子的见面，还是很愉快的。

他是在百忙中溜出省城前来探班的。请我在县城吃了一顿饭，居然选的都是当年我爱吃的菜。不过，我们之间真的没有半点暧昧。所谈的内容，也就是我手头的民谣选题，如何尽快变成一本书——他已经申报了文化基金项目，希望能够拔得头筹，成为他上任后的一个政绩。

我的思绪，却还停留在胡叔的生活困境上。他的生活环境太差，而且经济上很窘迫。我甚至想跟罗长子预支一部分稿费来资助他——可是那毕竟还是杯水车薪，解决不了根本问题。

罗长子的人脉确实很广。他听我说了半天，沉思了一会儿，出去打了一个电话。回到饭桌上说：

“让他去县文化馆当个门卫怎么样？没什么工作量，就是收收报纸，搞搞登记。每月工资二千五百元。”

我惊讶于他的工作效率之高。不过，我觉得门卫这个工作，对胡叔而言不怎么合适。

“总比在停车场上收费强吧，日晒雨淋的。而且，文化馆的氛围，他可能会比较喜欢。”

这个说法让我内心一动。

“人家不嫌他年纪大，已经是给我的大面子了。”罗长子说。

我马上给胡叔打了个电话。

电话的那头，胡叔犹豫了一下。

“您不是喜欢文化馆这样的地方吗？”

“我是怕我不合格。”

胡叔的犹豫，竟是怕自己不能胜任。

罗长子怕夜长梦多，夺过我的电话，说：“胡阿叔，您明天就可以去上班，您去找姜馆长，就说是罗寄望介绍来的。”

把手机还给我的时候，他得意地朝我一笑。

为此我得好好敬罗长子一杯酒。在与他交往的这些年里，我还从来没有把一杯酒一饮而尽的纪录。

罗长子故作惊讶状：“乖乖，今天太阳是从西边出来的吗？”

我把喝完的空酒杯放下，说：“就算对你的报答吧！”

“早点把书写出来，就是对我最好的报答。”罗长子一脸坏笑道。

真是一个彻头彻尾的实用主义者！

过了一周，我去县文化馆探班，想看看胡叔在干吗。

县文化馆坐落在城南公园路一个古色古香的庭院里。早先这里是县城一个大户人家的花园，称篮园。里面有假山、画舫、荷池、凉亭、小山、廊桥等，很是精致幽静。

在传达室里没有见到胡叔。有一个与他年龄相仿的老者说，老胡送报纸去了。

走过紫藤花缭绕的长廊，一阵鼓乐之声传来。那里是文化馆的排练厅。我在门口遇见了拿着一叠报纸文件的老胡。

相见之下，特别开心。我发现老胡的气色比以前好多了，才几天工夫，人也变得文气了。我问他，在这里工作还适应吗？

胡叔笑着说：“老鼠跳进白米囤了！”

这比喻太生动，同时让我感到不够确切。胡叔太自谦了，无论如何，他也不是鼠辈呀。

胡叔告诉我，他特别珍惜来这里工作的机会，虽然是个临时工门卫，但毕竟是文化单位的人了呀。早年他路过这里，只闻里面笙歌曼舞、桃红柳绿，进进出出的都是文化人。他连脚都不敢迈进去，最多只在门口张望几下。

他干活很卖力，心里总想着不能给姚老师和罗社长丢脸。白天除了干好门卫工作，还帮着清洁工打扫卫生。排练厅那个地方，他有时会多流连一会，看看里面的排练场景。但绝对不多嘴多舌。

到了晚上，篮园里变得清静起来。作为门卫，他是要巡夜的。走到小山的凉亭前，一阵荷风吹来，令人心旷神怡。他心里紧闭的一扇门豁然打开了，情不自禁地就唱起了民谣来：

桂花开来是中秋，贫富二字世上有。
穷的哪有穷到底，富的哪能富到头。
有钱无德非为贵，有德无钱不算丑。
穷人终有翻身日，富人不仁根难留。
……

胡叔略带苍凉的歌声回荡在篮园上空，让寂静的庭院变得热闹起来。不知不觉地，小山的凉亭前聚集了一些附近的居民。他们通常在晚饭后来这里溜达透气，胡叔的歌声吸引了他们，也许是他的歌声太有磁性了吧，声调也区别于一般的流行音乐，透现出民间歌谣地气丰沛、生动活泼的魅力。

胡叔没有想到，人群里站着一个人，是文化馆的姜馆长。他是个老文化人，早年搜集过民歌民谣，还当过县锡剧团的团长。他听了胡叔的演唱，很惊讶，但场面上却不动声色。随后，他把胡叔叫到了自己的办公室。

胡叔有点紧张，以为自己犯了什么错误。姜馆长和蔼地给他泡了一杯阳羡雪芽茶，问起他唱民谣的情况。他想这下糟了，虽然他是在夜晚唱的民谣，馆里人都下班了，但作为门卫，他还在上班啊。

没想到，姜馆长先开口了，表扬他说，老胡啊，你唱得太好了。

问他，还会唱多少首？

又问他，唱了多少年了？

还问他，跟谁学的？

最后姜馆长说，老胡啊，从明天起，我让文艺辅导部的胥沛然老师来帮你记录民谣的词曲。门卫的工作，你就先放一放吧。

胡叔一惊："是不是不要我了？"

姜馆长说："让你当门卫，是大材小用了。"

其实，胡叔这份工作，本来就是照顾的。文化馆原先是由一个门卫值日夜班，胡叔来了，变成了两个人日夜班轮值。

听完胡叔的叙述，我太开心了。

是金子，总会闪光的啊。

胡叔也高兴，满脸笑成一朵花。不过，他心里搁着一件事，在我离开的时候，小声地提醒我：

“姚老师，你不是说要去太湖边看一个人的吗？”

说罢，狡黠地朝我一笑。

我顿时明白了。

还有一个细节，不能忘了交代。

临走前，他突然追上来，塞给我一卷钱，说：“姚老师，这是我上次借您的钱，拖了很长时间了，不好意思。”

我推托说：“这钱我不急着用，您先放着吧。”

他很认真地说：“不可以。我们这里有个风俗，烧香和吊礼钱，不能让别人替代。我运气好，来文化馆上班才一个星期，正巧赶上发工资，姜馆长给我发了半个月的工资呢！”

那得意的样子，就像个老小孩。

此刻，太湖就在眼前。好一个浩瀚缥缈的所在。暑天的烈日为它涂上了一层耀眼的白金。无风三尺浪，说的是大海。其实，太湖也如是。但，酷暑的炽烈似乎把风也折腾得软绵无力了，湖面上起了一点皱纹，那一圈圈细密的涟漪，还是很有肌理感的。站在高高的防洪堤上远眺，水天一色，金黄中带着一点灰，湖中小岛的轮廓清晰可见，极远处，灵山大佛的雄姿隐约可辨。

这里是太湖百渎之一的芦渎，有着长长的湖岸线。过去，这里有十里芦荡的绝美景致，芦苇从岸边到湖中绵延达十多里，蔚为壮观。不过，当地百姓见惯了芦花飞雪、芦浪翻滚，并不觉得有多么稀奇，对他们来说，芦苇是太湖馈赠的财富，它能变成钱。那时，每到冬闲季节，湖区的百姓可闲不下来，除了开沟挖渠、做埂、捉粪、罱河泥、开草基塘这些圩区规定动作外，还有一项特殊的任务，就是芦苇编织。每年入冬之后，沿湖各村都会组织农民樵芦，他们称作“开滩”。这两个字真是既形象，又有气势。然后将樵下的芦苇分给农户搞编织。芦茎可以编成芦篾、芦帘、雨帽、栈条等，芦穗可做成扫帚，芦花做成枕芯。这些芦制品由乡镇供销社统一收购，那是村集体一项重要的副业收入。

这些天的田野调查让我终于明白，江南的农民，无论是在山区还是圩区，都是辛劳有加的。男人要会上山挑担和下湖撑船，除了得有使不完的力气，还要会撑篙掌舵，那是山和水赋予男人的责任；女人呢，除了相夫教子，还要会编织。满山的竹子和湖河之畔的芦苇，给女人提供了编织的巨大空间。你的心有多巧，你的手就有多巧，编织的竹制品和芦制品，就有多精美。

想想也是，在这里，做男人和做女人，一年四季都不可能闲着。

可是，我走过的太湖堤岸线上，也有大片大片光秃秃的地方。芦苇呢？它们的集体隐身，应该有难言的故事吧。我后来得知，二十世纪九十年代，为了防范洪水对太湖东岸几座大城市的侵袭，位于西岸的阳羡县筑起了百里长堤。混凝土筑就的钢铁长城让芦苇无处生根，渐渐地，芦苇也就销声匿迹了。

没有了芦苇荡的太湖显得有些寂寥，就像古时的英雄被剃去了美髯。这有些近似酷刑，太湖于是变得自暴自弃，毫无遮掩地接受着骄阳的肆虐，发出阵阵腐败、死亡的气味。那是蓝藻的味道。这个词组，越来越成为各级政府环保官员心头的隐患，也是他们案头无法彻底解决的积案——这些年政府治理太湖蓝藻的力度不可谓不大，投入的人力物力也十分可观，但要根除，却绝非易事。有一种权威的说法是，蓝藻自古就有，之所以没有今天这样大面积暴发之势，是因为芦苇的存在。大自然是有自洁功能的，生物之间的相生相克奇妙无比，可是，人类却因为小聪明，而让自己备受惩罚。

酷暑天赶来芦渎，全然因为一个人——许小满。找她其实很容易，就像上回找胡阿喜一样，根本不费什么周折。信息社会，只有你不想找的人，没有你找不到的人。所以我猜想，这么多年，胡叔一直没有亲自找寻她，恐怕是因为有难言的隐衷且没找到一个合适的理由吧。

芦渎由三个自然村合并而成，其中的水产村是个小渔村，四十多年前，许小满就嫁到了这个小渔村。

农耕时代，大江大河和大湖，是人类生存最重要的倚靠。在江南，太湖流域无疑是核心地带，而它的富庶，主要因为太湖的滋养。我总是愿意相信，在构成江南人基因图谱的众多力量中，太湖无疑是最强大的一股力量。因此，在人们心中，太湖，是母亲湖。有一首至今人们耳熟能详的歌，叫《太湖美》，唱的全是浅显的赞美之词。想来，撑船扬帆、撒网捕鱼的生活方式，让这里的人们在劳作中与水互动，养成了灵活善变、随时自我调整的群体性格。细腻多情、温柔浪漫，聪明活跃、审时度势，构成了这一方水土聚居群体鲜明的性格特征——与丘陵山区的珠溪村相比，差异还是很大的。

山珍有山珍的禀赋，水鲜有水鲜的出处。到了湖边，扑面而来的湖风，有一种难以言传的鲜爽——那些渔市码头，以及湖边数也数不过来的苍蝇小馆，乃至寻常人家的饭桌上，各种水产，各种烹饪，各种口味，各种诱惑，都是湖水派生的使者。让人垂涎欲滴、欲罢不能。仅仅用"湖鲜"来概括它们，感觉有点对不住我们表情丰富、寓意深刻的汉字。

最著名的当然是"太湖三白"：白鱼、白虾、银鱼。我想，对于这些，许小满应该再熟悉不过。他们一个村的人，都在太湖里捕鱼为生。每年九月太湖开捕的日子，一批又一批赶来尝鲜的客人，把当地的酒楼饭店挤爆了。那些酒楼饭店的门脸特别不起眼，卫生状况也挺一般，但就是比城里的大饭店人气旺。因为他们锅里的鲜物是刚从湖里捞上来的，活蹦乱跳，有的用虾篓养在屋后的小河里。像白鱼这样的娇小姐，真是弱不禁风，一出水就性命难保，仿佛她们与太湖是血肉相连，难舍难分的。所以高档饭店里做得再好的白鱼，也比不上太湖边上随便哪家农家饭桌上的味道来得纯正。

这里湖鲜的做法也是民间的传统做法，土，却别有滋味。做一桌不重样的湖鲜，是一件轻而易举的事，因为太湖里的吃食实在太丰富了。特别是一些小鱼小虾，虽然不是男一号、女一号那样的名角儿，却也热闹快活，也常有令人惊喜的口福之乐。如果做得地道，能给人带来长江刀鱼、河豚那样的口感，餐桌上绝对缺少不了。它们的名儿也有意思，什么针口鱼，斜婆只，红丫叉，花花媳妇……听上去，就像狗蛋，黑娃，大毛，二丫一样，纯粹，敦实，憨头憨脑的，叫起来就有一种亲切感，是和“太湖三白”这样气场强大的名号不一样的感觉。

许小满和我想象中不太一样。

我是在芦渎老街一间名叫“众乐”的茶馆里见到她的。她看上去也就六十出头，实际上已经七十五了。这是胡叔告诉我的。一件素净的改良旗袍，勾勒出恰到好处的曲线，除小腹略有赘肉外，身架完全没有这个年纪女人的垮塌之感。

毕竟，她长年担任小学教师，一种书卷气还是有的。退休后她又经营了这家茶馆。茶的灵气也是养人的。

这是一间江南乡村常见的茶馆，一边是热气腾腾的老虎灶。过去，灶上用的水要请担水工到河埠上用木桶挑上来，或者用木制的水车运到老虎灶。现在都是自来水了，但老街上的人拎着暖瓶来打热水的习惯还保持着。这个情景让我很是惊喜。热气腾腾的水灶，当地人俗称“井罐”。水开了，你一壶，我一壶，各自拎着热水瓶，寒暄声里各自回家，那种感觉还真保留着农耕社会的某种特点。都是喝一只井罐里的水的人们，彼此习性相近，邻里的关系总是和谐的。

茶馆一侧的长桌上，密密麻麻地摆放着各式紫砂壶，我虽然不谙紫砂之道，但一见到那些色泽深沉的老壶，内心便生起一种莫名的感动。那种黯淡而发光的包浆，既是岁月的容颜，也是人气的积攒——我不知道它们抚慰了多少乡村的茶客，却晓得它们一直坚守在这里，与天地时光共老。紫砂向来是阳羡特色之最，无论达官贵胄，还是平民百姓，都爱与此物耳鬓厮磨。此间排列的紫砂壶款式，以洋桶、仿鼓为主，这两款造型古朴简洁，容量大，是百姓最喜欢的样式。自有一种与土地相守的沉稳博大的气度。

许小满是茶馆的老板娘，眉眼里倒真有几分当年阿庆嫂的机敏。印象里的茶馆老板娘，多少会有些风尘味和江湖气，而许小满身上却鲜见。与她慢慢熟悉之后我发现，从南部山区嫁到太湖之滨半个多世纪，她的性格里自有一种水乡人的柔情与精细，但骨子里还保留着山里人的豪爽与质朴。

采访，是我告诉她的来访理由。在那个嘈杂的场合，面对一位乡间老妇，我不能随随便便提起胡叔，提起一段延续了半个世纪的情感。这既不庄重，也有可能引起难堪。说到民谣，许小满的神情有些茫然，仿佛那是太过久远的记忆。半个多世纪了，也确实够久远的。

我不知道，唱民谣是不是她的梦想，但她告诉我，开茶馆是为了圆她先生的一个梦。先生马金根是阳羡说大书艺人，幼年时家徒四壁，因生得清秀，口齿伶俐，便拜一位说书艺人为师，跟随师傅在阳羡各地卖艺，也只能勉强混口饭吃。后来年岁渐长，有了娶妻生子过安定生活的念头，再说，说书生意也大不如从前，便回到了家乡，成了水产大队的一名社员，在太湖上讨生活。至于和许小满的姻缘，后者只是轻描淡写地说，当年马师傅来云湖镇说书，二人便碰巧认识了。姻缘天注定，这是许小满给出的总结。显然，在一个陌生人面前，她不愿多谈。

阳羡说大书，一下吊起了我的胃口。我听胡叔说过，阳羡这个地方虽然只是个县级市，但自秦代设县以来，已有二千二百多年历史了。民间曾经流传这样一句民谚："永嘉世，九州空，余吴土，盛且丰。"这是当年北方人对南方的憧憬。光是永嘉年间北方迁往南方的人口，就有九十多万。于是群贤毕至江东，一时文气充沛。此地诞生过蒋防、蒋捷、吴炳、陈维崧等彪炳千秋的文学大家，侨居于此的"大咖"更牛，光一个苏东坡，就够长篇大论了，更何况还有李白杜牧，陆羽白居易呢！近代还有徐悲鸿、吴大羽、吴冠中等中国现代美术史上的泰斗级人物。民间文艺也是灿若星河，十分繁茂，表演类的，除了民歌民谣外，男欢女嬉、江南丝弦、三跳道情、阳羡说大书等，都很有地方特色。来这里之前，我曾查考过江南地方乐脉的记载，最早可以追溯到“季札观乐”。季札是吴王寿梦的第四子，他博学多才，修养深厚。鲁襄公二十九年（公元前544），季札奉命出使齐鲁，在那里他欣赏到了《周南》《召南》《郑风》等诸侯各国的音乐。季札敏锐地从音乐里感受到各国风土的差异、民风的态势和嬗变，赢得了广泛的赞誉。而江南地域最早的道教梵音，对后来出现的昆曲、评弹、丝竹乐、民谣等，都有深刻的影响。

吴地的人们，因了江河之水的滋养，对音乐艺术有一种天然的敏感和禀赋。早在泰伯奔吴之前，这里的原住民就以民歌的形式记述历史，崇拜神灵，抒发情感。由此，有理由相信，阳羡说大书里的各种噱头和乐子，和苏州弹词、昆曲、滩簧调甚至北方的京韵大鼓、山东柳琴、天津快板之类，都会有相互吸纳、兼收并蓄的因素。

所以，听说马师傅的下午场十二点就开讲，我真有点迫不及待。客气了一番之后，就留在茶馆用了午餐。

因为我是不速之客，小满婶立马挎上竹篮就要去菜场添几个菜，硬是被我拦了下来。她也不慌，因为家有存货。此地每到秋季太湖开捕的日子，每家每户都会晒各种各样的鱼啊虾的。这些经济实惠的大路货，买的时候是“丫头”的价格，到了漫长的太湖禁捕季，就变成闺阁千金的身价了。对于当地百姓来说，那是青黄不接时候的定心丸，到了年节时，还是拿得出手的待客硬菜。

当天马家的餐桌上，除了原来准备的碧绿的南瓜藤、红烧咸鱼和丝瓜鸡蛋汤外，小满婶像变戏法一样，又变出两道菜：一个是雪菜炒白虾干，加上一把自家种的小葱，那叫一个鲜；还有一盘臭咸水炖豆腐。烧菜时，有个半老男子送来几块盐卤豆腐，估计是小满婶一个电话，店家就送货上门了。臭咸水是用咸菜水发酵成的，泡上苋菜（当地叫“哈菜”）的梗茎，味道与臭豆腐差不多。小满婶说，夏天此地的百姓特别喜欢吃这个。经过发酵的臭咸水容易消化，还健脾胃，家家都当个宝。听说，现如今浙江很多大饭店拿它当开胃小菜，所以我也想让你尝尝，就怕你吃不惯。

我笑着说，没事，我就喜欢什么都尝试一下。如今，在江南任何一个古镇旅游，几乎都会在老街上闻到油炸臭豆腐那种既臭又香的味道，所以，我虽然不是很喜欢，但也不排斥。况且，这样的吃食里包含的民间智慧与情愫，是最吸引我的。

因为下午有演出，马师傅吃得不多，他说吃饱了容易犯困。但我注意到，红烧咸鱼他吃了三块，白虾干吃了几只。有这些硬菜垫底，我想，下午的表演也就成功了一半。一个快八十岁的老人，能有这样坚强的肠胃，用阳羡当地的话说，“身坯”蛮“煞哈”（厉害）了。事实上马师傅长得牛高马大，虽然年近耄耋，但腰背挺直，精气神很足。或许，长年说书等于运气做功，跑码头腿脚殷勤，这些都是说书给予他的滋养。

十一点刚过，就有茶客陆续到了。几乎是清一色的老头老太。大部分人穿着都比较讲究，老头们不是浅色短袖衬衣，就是彩色T恤；老太们则多为花色连衣裙或半裙，烫发，有的还化了淡妆。我猜想，他们应该是镇上的居民，有退休金，生活无忧，自然也就讲究生活品质了。其实不然。小满婶告诉我，芦渎镇是阳羡县的大镇，企业又多，有一些规模还不小，所以城乡差别不大，很多乡村老人生活条件相当不错。交通又发达，有些乡村老人深受小镇风气的影响，几乎天天来镇上“皮包水”（泡茶馆）和“水包水”（泡“混堂”，即到公共浴室洗澡），外带听书、看戏。这种他们爷爷就喜欢的传统生活方式，在如今让人眼花缭乱的花花世界里，依然大行其道，足见其强大的生命力。对于这种活着的传统文化我充满了敬意，也很受感动，我想，它们一定契合了现代人的某种精神需求，或者说，有一些文化的确具备穿越时空的恒久力量。

不知道阳羡说大书是不是具备这样的力量。

开场前，我扫了一下场子，观众席上稀稀拉拉的，五六十人的座位，最多不会超过三十人。

十二点，马先生准时出现在简易的舞台上。一袭灰色长衫，一柄折扇在手，就像换了个人，气场全开。在表演桌前落座，醒木一拍，全场顿时鸦雀无声。

“话说周瑜来到孙权帐外，正准备……”马先生的嗓音圆润而清朗，完全不似这个年纪的老人，抑扬顿挫、绘声绘色的语调不光有强烈的画面感，更让人有身临其境的在场感。我想，穿越的体验也不过如此吧。在视觉为王的当下，听觉会有如此神奇的魔力，不得不让人赞叹。

如果听到的不是阳羡当地的方言，我会以为他讲的是苏州评话。事实上，除了表演形式与苏州评话十分相似，马先生在模仿一些重要人物说话的时候，讲的正是苏州话。我猜想，阳羡说大书或许就是由苏州评话演变而来。毕竟，苏州与这里只隔着一个太湖。此地终年刮东南季风，处在太湖东岸的苏州，很多风习，说不准就是乘着太湖的季风传到此地的。这不完全是句玩笑话。苏州自古便是江南文化的典范，上海在开埠之初，也以学苏州为荣，其成为龙头，那是最近一百多年的事。因此，苏州评话在江浙一带的影响，一直延伸到各地农村。这是后来我查阅苏州评话史得知的。

台下的老年观众个个张着嘴，出神地看着马师傅，不时被逗笑，发出无遮拦的大笑。马师傅说的是《火烧赤壁》，应该算正剧。但阳羡说大书的特色就在于噱头，讲究喜剧效果。即使是正剧，也会让细节充满喜剧元素。马师傅那令人忍俊不禁的夸张表演，正是他吸引观众的一大绝活。用粉丝们的话说，很是“拿人”。

这会儿，马师傅正在介绍周瑜这个人的特点。“第一个是玉树临风，英俊无比啊！有多英俊呢，肯定比陈家阿伯年轻时还帅。”

台下的观众哄堂大笑。认识陈家阿伯的观众都朝他投来打趣的目光。陈家阿伯，那是老街上有名的帅哥。年轻时在早餐店烘麻糕，每天，他往店门口的麻糕炉子旁一站，就是老街上不能不看的一道风景……更是早餐店的活招牌，人称“麻糕小开”。来买他麻糕的女人明显多于男人，有些还是从大老远赶来的，据说就是想一睹“麻糕小开”的风采。

“周瑜长得英俊只是一方面，关键他是足智多谋、胆略过人的盖世英雄，其气度自然不是普通人能比的。”马师傅解释说，打个不恰当的比方，就像现在娱乐圈里的“小鲜肉”，也并非比我们家的孩子好看到哪里，但人家胜在气质，又有老板帮他们包装。所以说，周瑜的帅三分在长相，五分在气度，还有两分，是江湖传说给他罩上的光环。史书上说，见到他的年轻女子都移不开眼睛，年纪大的妇女也很欣赏他，真是老少通吃啊！被年纪大的女子喜欢，用现在流行的话说，叫师奶级杀手……

马师傅这段有关周瑜相貌气度的评说既有噱头，也很贴近观众们的喜好。关键是，他信手拈来的词汇，都是时尚的流行版本。这就是他的另一手绝活：即兴发挥。就是根据时间、地点和观众的不同，能在现场对本子进行调整，每每有神来之笔，令全场沸腾。在阳羡说大书里，这称作“活口”。一个“活”字精彩无限，其背后则是经年的磨炼和非凡的智慧。

小满婶除了不时地给客人们端茶续水外，就一直安静地坐在我身边，用几近崇拜的眼神看着台上的丈夫。和马师傅相伴走过了半个多世纪的她，居然还能用这种少女般的眼神看着丈夫。但我丝毫不觉得违和，有的只是感动和羡慕。

散场了。

在一群陆续离去的银发观众里，我发现了几位背着双肩包的年轻人，他们是来古镇的游客。我叫住了其中一对年轻情侣，问他们观感如何。两人腼腆地笑着，说，没完全听懂，不过很好听，感觉和这古镇的情调很搭。

他们的意思我懂。就像到了苏州，必定要去听一听昆曲、评弹；去西安，总是要去感受一下秦腔的高亢与苍凉一样；甚至到了天津，要尝尝狗不理包子，到了武汉，要吃一碗热干面一样。听的、看的和吃的，都是一种文化符号，至于这符号你是否会解读，是另外一回事。

但，我不甘心古老的艺术最后都变成了活化石，变成现代人窥探历史的敲门砖。当然，相比那些淹没在岁月尘埃里的古老艺术，活化石和敲门砖也算是一种幸运的存在。但我还是希望它们以一种生命的形态活在当下，融入现代人的精神生活。

这也是我记录民谣成长历程的一大初衷。

这小镇上什么店都有，就是缺一家鲜花店。要不，我一定会给刚结束演出的马师傅献上一束鲜花。

我跟马师傅的交谈应该没有障碍。我尽量选择一些朴素的言辞来赞美他的演出。他静静地听着，不时谦逊一笑。等我讲完了，他却一声长叹。

“唉——不时兴了！”

马师傅直截了当地表达了对“阳羡说大书”未来前途命运的担忧。我明白，这是当下的现实。寥寥落落的“票房”，如何维持说大书的气场并支撑起一门传统艺术发展所需的精气神呢?

好在，那一声长叹的终点，还是坚守。马师傅还在他的舞台上艰难地跋涉。

如此说来，我们俩都是理想主义者，在理想面前，我选择反思，而他选择坚守。但他显然比我更清醒：没有年轻人愿意跟他拜师学艺，观众也在老去，他的茶馆并不赚钱，外出演出的机会也少了。总有一天，他会老得再也登不了台……

如果说，医生的悲壮是死在手术台上，教师的悲壮是死在讲台上，那么，要是让马师傅选择，他一定会选择死在他钟爱的舞台上的。

看不到出路的坚守，无异于与阵地共存亡。悲壮中的无奈，只有自己吞咽。社会如同利器，每时每刻在消解与之不相适应的东西，有的时候，就是在不知不觉地残忍地自剪羽翼。

我总觉得，这个喧嚣且功利的社会，必然要有一些理想主义者，才能让这个世界多一些温情与内涵，多一些理性与质疑，多一些安放心灵的空间。我们最好不要过多地渲染斜阳下马师傅孤独苍老的背影，也不必将之当作唱给那些过往年月的挽歌。不，真的大可不必。因为，我们还有很多让古老艺术重获青春的灵丹妙药。我们有青春版的《牡丹亭》，有让人惊艳的《唐宫夜宴》，还有央视精心打造的《百家讲坛》《中国诗词大会》等一众传统文化的爆款栏目，即便是它们在各地的山寨版，也能在“众乐乐”的普及中完成起码的启蒙吧。如果嫌央视终究太高大上，我们还有喜马拉雅等听书平台。在这些平台上，普通学者与文化名人飙技，民间高手与明星大腕同台；那些跃跃欲试的播音菜鸟们，还可以通过有声演播训练营，实现当上主播的梦想。重点是，传统文化在这个平台上，似乎终于找到了与时代嫁接的通道，大有排山倒海之势。

喜马拉雅听书平台上，赫赫有名的单田芳、刘兰芳两位评书大家的栏目，听众还真不少。虽比不上当年在电台里说《杨家将》《隋唐演义》那会儿的阵势，但看得出，在娱乐方式层出不穷的今天，说书这一传统艺术依然有其独到的魅力。随手翻翻，发现有个叫《陕北说书》的地方说书栏目，居然也很受欢迎，这让我对阳羡说大书的前景更有信心了。

兴致勃勃地和马师傅聊起这些，老先生淡淡地笑了笑，说：“这些新鲜玩意得靠年轻人来倒腾了。当务之急，要找到一个合适的接班人，我这把年纪，说得不好听，今天都不知道明天。这一身的本事如果没人传下去，我到死也会闭不上眼，没脸见祖师爷啊！”

话题又变得沉重起来。

小满婶给我们续上茶，不失时机地剜了老伴儿一眼，说，不许说这种不吉利的话。那一眼在我看来，真是意味深长，既是责怪，也是怜爱，既有调侃，也有娇羞……这个少女般的举动，放在她这样一个老妇人身上，居然毫无违和感，相反能照见老两口几十年风雨同舟的恩爱之情。

只这一眼，我便在心里为胡叔轻轻叹了口气。但我仍然很高兴，甚至有点激动，为马师傅和小满婶。

什么叫琴瑟和谐、白头偕老？我相信眼前的这一对恩爱老夫妻，是我见到的最贴心的侣伴了。突然感觉，胡叔的话题有点突兀，也有点多余。

不过，无论如何，我该说服小满婶和胡叔见上一面。这与传统的伦常理念并不相悖。只是感觉她对民谣的话题并没有太多兴趣，也不愿提及几十年前的陈年旧事。场面上的她，不是笑容可掬地看着我，就是起身端茶倒水，热情地招呼我享用桌上的各种小食。一连串的肢体语言，合起来就是在回避一个人：胡阿喜。

黄昏到来之际，我离开了芦渎。

临别，小满婶主动加了我的微信。她居然会用微信！看出我有些惊讶，她不无自得地说："我们一帮老姐妹经常在一起交流，所以我就学会了拍照、拍视频、上微信、网购，还会刷抖音。别看我们是乡下老太太，我们也不甘落伍的。"

这真的有点颠覆我的认知。我都不会用抖音。不由得感叹，江南一带的城乡融合，本就跑在全国的前面，而智能手机，又让这种融合大大提速了。

驱车来到太湖边时，我又一次爬上堤坝，看彩云像水晶花瓣一样缀在天空，让清凉的湖风吹干浑身的濡湿。

并不觉得懊恼，也无挫败感。有的，只是不甘心。我知道，对于许小满，我还没有找到开启她内心的钥匙。所以确切地说，我还有一点迷茫。

白露——欲将新瓶装陈酒

滆湖鲜鱼分节气，

要吃鲜鱼凑时机。

正月鳊鱼嫩又肥，

二月冻鱼吃鳑鲏，

三月雌虎肉头厚，

四月白虾好滋味，

五月黄鳝赛人参，

六月银鱼肉细腻，

……

滔天洪水一般的酷暑终于退场了。它的休止符，竟然是那么柔弱的白露。大自然的阴阳转合就是如此奇妙。那些仿佛不可一世的事物，最后总也逃不过销声匿迹的命运。在时间老人面前，它们都不值一提。

立秋之后，我就回了省城，一方面研究所有些工作需要处理，但主要还是我不好意思“长住沙家浜”。立秋之后，旅游旺季来临，我住的那间房周末的时候要五六百一晚，我怎么可以耽误人家赚钱呢。至于民谣采风的事，也要伺机而动。从芦渎回来之后，我一直在微信上和许小满保持着联系。

在我的建议下，小满婶开通了自己的抖音号，并且将它经营成马师傅阳羡说大书的专号。小满婶说，马师傅说书的这些视频，都是她在孙子的指导下亲自拍的。我在微信上给了她一个大大的金手指点赞。虽然从技术层面来说，视频拍得还很业余，但刚刚起步，抖音号就已经拥有了两千多粉丝，实属不易。我太兴奋了，我敢肯定，这一古老的民间艺术插上现代科技的翅膀，会迎来重生。

我看了几段说书视频，发现除了常见的历史和侠义类题材外，还有反映当地百姓生活的话本。小满婶告诉我，这一类大书多是根据本地的民间故事改编的，马师傅会选择多个有一定关联度的民间故事，再根据主人公的性格特点进行改编重组，创作出新的话本。在一个名为《小狄刚》的视频中，我惊讶地发现，马师傅竟然学着苏州评弹，加入了唱段。只见他手持竹板和木板（上面穿着九个铜钱），边敲击边唱，有时两只手也做出相应的动作，看起来十分生动。我好奇地问小满婶，马师傅手里拿的是什么道具。她莞尔一笑，说拿的是“阳羡三跳道情”艺人的道具，那个竹板称为“哈板”，穿着铜钱的木板叫“三跳板”。

“阳羡三跳道情”？我预感到又遇上了一种全新的地方民间文艺。阳羡这座古老的江南小城真是太神奇了，地方不大，文化积淀却如此深厚，真是不容小觑。

道情我知道，是道教声腔艺术，全国很多地方都有，历史非常悠久。最初是用来宣扬道教教义和募捐化缘的，后来逐渐演变成了民间说唱艺术。

小满婶故作神秘地对我说，如果你知道他唱的是什么，会更有兴趣。

唱的不是三跳道情吗？我一时有些摸不着头脑。

“曲调当然用的是三跳道情的曲调，不过，内容却是我们阳羡的一首民谣，叫作《十二月鲜鱼歌》。”

的确出乎意料。

小满婶接着说，其实《小狄刚》本身就是一首有名的阳羡民谣，说的是一位落难公子在地主家帮长工，和地主家的千金小姐私定终身，最后成就一段美满婚姻的故事。不过，这个故事过于简单，也比较老套，老马说，人物形象也不够鲜明，更缺少新意，所以他就以这个故事为基础，加进了几个民间故事和他自己编的故事。你还别说，经他这么一弄，情节曲折了不少，非常吸引人，人物不光活灵活现，性格还变复杂了。

我的眼前出现了小满婶满眼柔情地看着台上表演的丈夫的情景，不禁失笑了。这段《小狄刚》的视频只是很短的一个片段，我看不到话本的全貌。不过，我相信这位“第一听众”的话，虽说带着感情色彩，但说得很在行，这“第一听众”

也不是白当的。

我对马师傅又多了一份钦佩。所有的悲观只放在心里，对自己底线的坚守，则一丝不苟。哪怕是黑暗中出现一点点光亮，就会伺机突围。这把年纪了还能有这种创新精神，特别难得。

正在和小满婶视频聊天，马师傅和陈家阿伯下完棋回来了。我向他招招手，相互问了声好。小满婶笑着对丈夫说，姚老师对你的《小狄刚》特别感兴趣，她很想知道你怎么想到把民间故事、三跳道情和民歌民谣都放进说大书的，我说不好，你来给她介绍一下吧。

马师傅说："这个问题问得好，这也是我这个话本最大的特色呢。"他显然有些激动，或许是我的问题引起了他内心的共鸣，又或许是因为触发了他平时难以表露的自豪。

马师傅觉得，传统的阳羡说大书话本题材过于狭窄，也缺少地方特色，表演手段也偏单调，在当今这样的娱乐时代，不要说年轻人，就是中老年人喜欢的也不多。所以他决心大胆地做一些尝试，来丰富说大书的内容和形式。既然说大书是本地民间艺术，那完全可以借鉴和融合本地的其他民间艺术。

我说："马师傅，您唱的三跳道情很好听！您这样做很大胆，也很有新意。不过，这样大刀阔斧的创新，会不会让喜欢说大书的观众们接受不了呢？"

听到我的表扬，马师傅竟有点不好意思了，他挠了挠头，说，在阳羡说大书中加入三跳道情的唱段不是他的发明，他不敢居功，过去就有前辈师傅尝试过，很受欢迎，这也成为阳羡说大书的一个特色。不过，将多种民间艺术糅合在一起，这一步自己跨得确实有点大，有一定的风险。但不试，怎么知道不行呢？不过，这些都还是传统的民间艺术，自己还没有尝试洋为中用。想当年，京剧样板戏用西洋的交响乐伴奏，一开始戏迷们也都不接受，后来，事实证明很成功嘛。还有像昆曲、越剧等，也都为了适应年轻人的口味，在做着各种中西结合的创新，有的成功了，有的不怎么成功，但都不要紧。马师傅觉得，尝试了，可能成功也可能失败。失败了，再换一条路走。但不尝试，肯定是死路一条。

我真的没有想到，一位年逾八十的乡间老艺人，会有这样的眼界，这样的认知。民间艺术，真的不是老百姓茶余饭后的消遣，它承载着他们的喜怒哀乐，是他们生命的另一种形式。

我把有关民谣的问题放在最后问。马师傅心领神会地笑了笑，他当然明白这个问题于我而言的重要性，所以回答得很仔细。他说：“年轻的时候我就喜欢听民谣，其实早在很多年前，我就尝试过在阳羡说大书里加进一些民谣，观众们还很买账，这些民谣都是大白话，通俗易懂，而且生动有趣，唱起来很好听。”

我打趣地问："当年您是因为我婶子才喜欢上民谣的呢，还是因为民谣才喜欢上我婶子的呢？"

马师傅一时语塞，有些尴尬地看了一眼站在身旁的老伴儿，后者正有些羞涩又有些得意地看着他。他支吾道："都有，都有！"

那天，马师傅毫无保留地讲了他对民谣的一些认识和看法，我听了，很受启发。

我又听了几遍马师傅唱的《十二月鲜鱼歌》，我感觉他的风格与陈三林老人和胡阿喜都不太一样，不知道是不是因为用的是三跳道情的曲调，还是因为唱的人不一样。

歌中唱道：

滆湖鲜鱼分节气，
要吃鲜鱼凑时机。
正月鳊鱼嫩又肥，
二月冻鱼吃鳑鲏，
三月雌虎肉头厚，
四月白虾好滋味，
五月黄鳝赛人参，
六月银鱼肉细腻，
七月鲚鱼晒鱼皮，
八月鳜鱼待女婿，

九月鲫鱼清炖炖，

十月毛蟹黄满脐，

十一月鲤鱼庆丰收，

十二月青鱼都欢喜。

唱词中的这些本地俗语我好喜欢，什么“肉头厚”“肉细腻”“清炖炖”“黄满脐”，不光朗朗上口，更活灵活现，听得我口水都快下来了。不同的时节可以享用不同的湖鲜，这样的口福，也只有生活在湖区的人家才有。我分明听出了些许显摆之意。忽然有些明白，这首《十二月鲜鱼歌》带着湿漉漉的滆湖水汽，那是和珠溪的山地风格不太一样的水乡情韵，旖旎而清新。

某个阴雨绵绵的周末下午，我约罗长子和南飞燕一起茶叙，由头是感谢罗长子在珠溪给我提供的方便。南飞燕听说只有我们仨，便在电话里笑着问，是不是拿她做保护伞。我说你爱来不来，大家都一把年纪了，还说这种话，有意思吗！她哈哈大笑，我这样的反应似乎让她觉得很爽。这个游走于各种场合的社会活动家，总是会因为保持微笑得太久而面部肌肉僵硬，说了太多言不由衷的话而心生厌倦，应付了太多常人难以驾驭的场合而深感疲惫，这个时候，和我等老同学打打趣，相互攻击一番，就如同做了一回精神按摩，那种恰到好处的力度令她很是受用。

在阶前雨滴的伴奏下，我把这次茶叙变成了我在阳羡的见闻录发布会，确切地说，是阳羡民间文艺的推介会，推介的重点，当然是阳羡说大书。其实大部分见闻罗长子都听我汇报过，此番见我在南飞燕面前再度说起，聪明如他，便猜到了我的目的，于是自始至终和我打着配合。这方面，我俩的默契真不需要排练。

看我把介绍的重点放在了马金根师傅的阳羡说大书上，罗长子心领神会，当我绘声绘色地描述着听书的经过时，他表现出极大的兴趣，时不时地发一通感想，赞扬几句，并且问我，阳羡说大书是不是非遗项目。我说，目前还只是县级非遗。他便对南飞燕说，你们省报不是有个报道非遗的栏目嘛，这个阳羡说大书写出来，肯定精彩。

南飞燕用她那双犀利的凤眼瞟了一下罗长子，这一眼，让后者有点心虚。但厉害的南美人并没点破他的小心思，只说，非遗系列报道早就做完了，而且那是介绍省级非遗项目的。闻言，罗长子和我都有点失望。

“不过……”南美人停顿了一下，目光在我俩脸上扫了一圈，搞得我居然有点紧张。

“这个阳羡说大书的确有点意思，从表演形式看，基本和苏州评弹差不多，连语言也有一半是苏州方言。包括它的一些术语，什么‘表’啊‘白’啊，‘肉里噱’‘外插花’等，都和苏州评弹完全一样。当然，我还不太了解，不过我相信，除部分地运用了本地方言外，肯定还有其他的不同。”

我们一时都没明白她到底想说什么。南飞燕不慌不忙地呷了一口咖啡，那优雅的姿态和丰富的肢体语言，真的是一道耐人寻味的美丽风景。她分明是不由自主地把这里也当作了她惯于应对的战场。

我暗暗嘲笑罗长子的戏有点过，也不看看对手的道行。

但南美人接下来的话，在我看来，颇有点柳暗花明的意思。她认为，苏州评弹在江南一带流传甚广，几乎在江南各地的乡间茶馆里，都能看到评弹表演。不过，像阳羡说大书这种由苏州评弹和当地民间文化融合而产生的新的艺术形式，倒是第一次听到。它应该算作苏州评弹在传播过程中本土化发展的一个样本，或者可称为苏州评弹的衍生支脉。如果在江南其他地方也有类似的说唱艺术，那这一普遍的文化现象值得关注；如果阳羡说大书只是个案，也有其价值，说明阳羡这个地方的文化很特殊。

这是个专家级的媒体人，我想。南美人的专业素养真是令我刮目相看，看来，我们以前对她的看法都有些片面。

南飞燕和我约定，不久之后一起去阳羡采访马金根师傅，我赶紧把这个好消息发微信告诉了许小满。而后，又趁热打铁，请南美人帮许小满找一位教她做抖音的老师。南美人眉毛一挑，说，没问题，我给阳羡县融媒体中心的田副主任打个电话，让他找个做新媒体的小记者帮忙。

几天后，当我陪同南飞燕一行再次来到芦渎的时候，太湖沿岸的芦花已经白成一片了。

在风中，它们摇曳的身姿，有一种让人叹为观止的美。我们这样的小资，见惯了春花秋月，哪里会光顾开在田塍上、湖岸边的芦花呢。它们的那种纯净的白，那种随风起舞的洒脱，那种不需要伺候的习性，从来不会招摇的静美，吐露着大自然的灵光。至于有多少人关注并喜爱它们，那又有什么关系。

南飞燕呢，凤眼四射，夸张地叫了一声，立马掏出手机拍照片，传给她一个在横店外景基地做制片的小姐妹，说："这里的免费景点你们不来拍点镜头，太没眼光了啊！"

南美人推销和经营的意识，就是比我强。

南飞燕很够意思，这次来的媒体队伍阵容强大，除了她自己和省报的摄影记者外，还有电视台《文化印象》栏目的编导、摄像和主持人，有省电台访谈节目《辉哥工作室》的负责人兼金牌主持吴其辉，他也是我大学同学，那次在珠溪的同学会他也去了。至于请电视台的人，南美人说："你忘了柳莹啦？上次她不是也到珠溪来了嘛！她老公就是省电视台的副台长，我一个电话就搞定了。这也算不上帮我忙，平时我们和电视台、电台都是互通有无的，这个题材他们也感兴趣。"

拍摄的场地除了老街、马师傅的众乐茶馆和他们家的老宅外，编导们不约而同地把太湖岸边当作了绝佳的拍摄地。镜头下，白茫茫一片的芦花在秋风的抚动下尽情飞舞的场面，也的确非常唯美。

电视台播出这档节目的那天，我早早地坐在了电视机前。说实话，我都不记得上一次看电视是什么时候了。刚坐下，许小满的微信视频电话就打来了，我一看，好家伙，他们家的茶馆里人头攒动，连大门外都站满了人。这架势，很像世界杯或欧洲杯开赛后一些咖啡厅或者音乐吧的场景，球迷们济济一堂，喝着啤酒，吃着鸡翅，议论声、欢呼声、咒骂声甚至摔啤酒瓶的声音此起彼伏……

不过，众乐茶馆里的气氛要轻松融洽得多。都是街坊邻居和老粉们，也有一些看热闹的游客。小满婶说，今天茶水、点心费全免，大家像过节一样热热闹闹地聚在了一起，都说，今天不光是马师傅、许师母的好日子，也是咱芦渎的好日子。

后来，我在小满婶的抖音节目里看到，马师傅穿了件红色的新T恤坐在第一排的正中，原先属于他的舞台中央，此刻被一台大屏幕电视占据了。穿了新衣坐在观众席上的马师傅，怎么看都觉得别扭。可能他自己也觉得别扭，笑得虽然灿烂，却有些不自然。

那个在台上嬉笑怒骂、口齿伶俐的马师傅，居然也有紧张的时候。

此刻，电视画面扫过一张张如痴如醉的观众的脸，背景声音是马师傅铿锵有力的说书声。紧接着，书场结束，人去楼空，小满婶在空寂的茶馆里打扫，马师傅换了身常服，在帮着收拾茶具。随后，画面一转，老两口走出茶馆，锁门，相互搀扶着走向老街。斜阳打在他们脸上，有油画般的效果，和街角的一盆黄菊相映成趣。

他们走在太湖岸边，湖风吹动着他们的衣襟，吹动着雪白的芦花。满屏的芦花，连接着碧波荡漾的湖面；浩渺的太湖，连接着无垠的天空……醉里吴音相媚好。无论是本地民谣里柔婉的深情之美，还是马师傅说大书里轻盈的谐谑之美，都是不打折的江南风韵。这精妙的民间艺术和日渐衰微的命运，又将带给我们怎样的思考呢？

我承认，这档节目撩动了我早已喑哑的情感之弦。最后的那些画面语言意蕴丰沛，让我想到了一方水土与一方人、与他们所创造的文化从来都是一个整体，一种古老的民间文艺的兴与衰，也与这方水土密不可分。

在电视节目播出的第二天，南飞燕一个整版的报道也刊出了。她早几天就把电子版发给了我，但看到报纸还是觉得很震撼。不光是因为大幅的图片带来的视觉冲击，还因为文字本身的穿透力。如果说电视节目以生动感人见长，那么南美人的报道，则赢在深度上。

她在文章中写道，基于相同的文化背景，作为江南文化杰出代表的苏州评弹，在苏锡常、杭嘉湖一带流传甚广，深深地影响了这一带曲艺乃至民间艺术的发展，而阳羡说大书，可谓是苏州评弹本土化发展的一个成功范例。阳羡虽为县域古城，历史文化却积淀深厚，传承久远，民间艺术也十分繁荣。因此，阳羡说大书在题材、语言、表演形式等方面，既保留了苏州评弹的很多特点，又充分汲取本土文化的养分，形成了自己鲜明的风格。

这样的本土化发展，无疑让阳羡说大书具有了强劲的生命力。而无论是苏州评弹还是阳羡说大书，乃至其他一些江南代表性的艺术，它们都体现了江南文化的一个重要特质，那就是巨大的开放性和包容性。显然，身为省报资深文化记者，南飞燕对于江南文化是有研究的，对于苏州评弹、阳羡说大书等江南曲艺也提前做了很多功课，所以在文章中，她又是追踪溯源，又是梳理脉络，各种事例信手拈来，条分缕析，大胆推理，让人对其立论观点口服心服。

身在当今这个时代，你不得不折服于媒体的力量，特别是网络媒体。报纸和电视有关阳羡说大书的报道出来后，到底产生了多大的社会影响，无法估计。不过，倒是引起了相关政府和研究机构的关注。特别是阳羡县的常委宣传部部长兼县非遗工作领导小组副组长兼办公室主任，带领县文体广电旅游局等相关部门的领导，在芦渎镇镇委书记和镇长陪同下，亲临众乐茶馆了解情况，并表示，下一步，政府将在政策及资金上对阳羡说大书的保护与传承给予更多支持，特别要在全域旅游发展规划中，将其作为一个重要的文旅亮点进行布局和推介。

南飞燕在省报的微信公众号和客户端上也推出了相关报道，有文字有图片还有短视频。令人始料未及的是，微信公众号的文章在一天之内点击量就达到了十多万，客户端的报道也上了热搜。几乎在一夜之间，众乐茶馆成了网红打卡点，远比政府的规划和扶持要快得多。

面对蜂拥而至的关注，马师傅和小满婶完全懵了，不知该如何是好。小满婶打电话向我求救，我的建议是两个字：稳住。对前来打卡的游客礼貌相待，该干什么一切照旧；至于政府方面有何要求，务必积极配合。

得到我这个“军师”的一番指点后，小满婶才把一颗悬着的心重新放回了肚子。

中秋节前两天，小满婶发来一张照片，我认得镜头里是芦渎镇郊外福光寺旁边的那棵古银杏，据说是三国时候孙权在此当阳羡长的时候，他母亲亲手种下的，至今已有一千七百多年历史了。古银杏高大挺拔，巨冠如盖，满树金黄，迎风招展，很有视觉冲击力。小满婶告诉我，镇上有个江南丝弦乐队，都是一帮老年爱好者，乐队的负责人准备在中秋节那天，在古银杏树下举办一场音乐会，盛邀马师傅和她参加表演。大家是几十年的老邻居老朋友了，马师傅一口答应，他说让小满婶和他一起用三跳道情唱一首民谣。

小满婶有些害羞地说："可我都很多年不上台了，嗓子也不行了，就怕到时候唱得不好，出洋相。"

我说："有马师傅在，您怕什么！我相信您的功底还在，到时候我来给您捧场。"

听说我愿意来看她演出，小满婶非常开心，说中秋节那天，要烧一桌正宗的湖鲜让我尝尝，还要送我一个礼物。至于什么礼物，暂时保密。

我失声笑了起来。真是个可爱的老太太！

秋分——鹊桥边，已无仙

蛟桥夜月第一景，

长桥斩蛟周将军；

中秋皓月映水底，

投石击水万月分。

铜峰叠彩第二景，

阳羡南门远山映；

雨后日照分外明，

鲜艳夺目醉游人。

……

一杯滚烫的热水，被搁置在几案上，慢慢地变凉，在到达某个瞬间时，变得温而不烫，刚刚好。秋分，热与冷的消长也到达了那个平衡的点。一切都刚刚好。气温不冷不热，秋色不浓不淡，脚步不疾不徐，心情不愠不火。世界在一种力量的制衡中，展现出一种中庸的、趋于平淡的意境，美得意味深长。

这年的秋分之后，紧接着便是中秋。

中秋节那天，我在芦渎镇经历了三场盛宴，每一场都让我记忆深刻。但最令我难忘的，还是那天晚上小满婶夫妇送给我的神秘礼物。

演出是在下午，福光寺广场上挤满了观众。在银杏叶铺就的金色舞台上，江南丝弦队的乐手们身着鲜红的演出服，以一曲《江南好》的民乐，拉开了音乐会的序幕。此刻，秋阳温煦，秋风凉爽，古树婆娑，众人安乐。一切都刚刚好。

没想到小镇真是卧虎藏龙之地，那些业余乐手和歌手们，几乎个个身怀绝技。虽说水平不一定赶得上专业演员，演技和唱腔或许还不够规范，但他们的表演自有专业演出比不了的内蕴和风格。我尤其喜欢一位中年男子演奏的古琴，与我们通常看到的一杯清茶、一缕香烟相伴，身着汉服、仙风道骨的演奏者，弹奏出或纯净如水的天籁，或沉郁悠远的厚重之音不同，这位男子更像一名武者，他的弹奏时而铿锵激越，嘈嘈切切，如万马奔腾，狂风席卷；时而又幽咽喑哑，时断时续，似壮士扼腕，亲友惜别。此种演奏，与古琴中正敦厚、清微淡远的文士风格相去甚远，却又令人耳目一新，热血澎湃，数度泪目。

小满婶悄悄告诉我，此人曾拜著名古琴演奏家成公亮为师。原来，成老也是阳羡人。他在古琴演奏界的名气振聋发聩，却也是一个艺术至上、尊崇内心的士子，一个疾恶如仇、仗义执言的勇士，和他的同乡前辈吴冠中非常相像。在阳羡待久了，才发现，这一片江南山水养育的子民多有耿直狷介之气，从此地走出去的杰出人物，无论受过怎样的教育，从事怎样的职业，获得怎样的荣耀，也都秉持着这样的个性。似乎早已深入骨髓，终身不改。

成老的这位同乡徒弟，显然没有承继师傅圆润脱俗的江南名士风，却学到了成老音由心生的精髓，他的演奏更接近广袤山野的成色，故而同样动人心魄。

马师傅和小满婶一上台，就博得了热烈的掌声。我认为，这里面有一大半是冲着小满婶的。

小满婶穿着件宝蓝色丝绒旗袍，配上珍珠项链，发髻轻绾，神采飞扬，怎么看都不像这个年纪的老妇人。在马师傅的带领下，她很快找到了感觉，一点也没怯场。相反，身段优美，一招一式都见功力。一开嗓，声音婉转清亮，字正腔圆，赢得了满堂彩。

立春梅花分外艳，
雨水红杏花开鲜。
惊蛰芦滩闻雷报，
春分蝴蝶舞蹁跹。
清明风筝放断线，
谷雨嫩茶翡翠连。
立夏桑葚像树桃，

小满养蚕又种田。

……

这是一首名为《阳羡十景》的春调。春调是江浙一带常见的一种民歌品种，演唱春调就叫作“唱春”，顾名思义，就是恭贺新春时候的演唱。江浙一带的乡间，一直到现在，春节时还能见到唱春艺人。他们多为农民，只在春节农闲时才出来卖艺。唱春佬常见的乐器是一面小锣，每到一村，就挨家挨户地唱过去。唱的都是吉利话，唱词会根据各家屋内外陈设和家庭成员的不同，现场发挥，一直唱到主人酬以赏钱为止。所以，他们被称为“体面叫花子”。

我还听罗金花说起过，阳羡西乡一带的唱春，是和舞狮结合在一起的。艺人一般是本村或周边村子的农民，七八人甚至十几人组成一个班子，两人负责舞狮，两到三人负责锣鼓伴奏，其余的人负责接运收到的各种礼品。因为除了赏钱，按此地的风俗，主家可以送些烟、酒、花生、瓜子、糕点、糖果等，甚至还可以送自家做的米粉团子。

一开始，我以为舞狮是在农家屋前的场院上，可罗金花说是在堂屋里，因为要把吉祥和好运送进家门。我想，这样的场面还真有点惊心动魄。你看，农家的堂屋一般都不算很大，在这样局促的空间里舞狮，阳羡人比作“螺蛳壳里做道场”，确实是很高难度啊。罗金花说，农户会早早地将长凳和八仙桌摆在堂屋中央，身手敏捷的舞狮人进得屋来，于铿锵的锣鼓伴奏下，在长凳和八仙桌上灵活自如地上下移步，做着各种动作。然后，一班人齐声说着七字一句的吉祥话，四句或八句都有，每说一句，锣鼓便敲一下，狮子也同时变一下造型。我想象了一下，现场肯定是振聋发聩的效果。

但是听《阳羡十景》，你完全不会将它和乡间贺新春那样热闹而俚俗的场景联系起来。因为它细腻而优美：

洴浰雪蓑第三景，
日落西山红霞映；
西氿洴浰水连城，
五彩缤纷闪金星。
龙池晓云第四景，
翠竹松柏旁暗衬；
霄云巨石立峰顶，
万云飞渡即消影。
张公玉女第五景，
洞中套洞张公洞；
玉女池水碧澄清，
天庭玉女池中映。
画溪花浪第六景，
丁山汤渡有奇闻；

水映杨柳倒万株，
池鱼吊柳起风云。
梅林拱桥第七景，
先有拱桥后梅林；
晋朝时候传到今，
梅林桥有八册景。
御碑凉亭第八景，
乾隆寻父到此行；
取出御杯把酒饮，
地方老财造此亭。
阳美茶社第九景，
阳美又出好茶名；
香茗满杯厚三分，
八仙路过把茶闻。
善卷古迹第十景，
砥柱巨峰当洞门；
洞洞相通船水行，
朝天撑篙见奇闻。

可以肯定的是，这首民谣的作者不是文人，也没有经过文人的润色，因为基本都是大白话，更无格律和音律上的讲究。但其又不失韵味，兼具文气，很有画面感，实在难得。

后来，在某个场合看到徐悲鸿父亲徐达章所画的《阳羡十景》时，我感觉，和听《阳羡十景》民谣时眼前出现的画面几乎完全一样，真是奇妙。

而此刻，小满婶在舞台上的一举一动，一颦一笑，都是那么得体，那么优美，可以想见，年轻的时候，她肯定是舞台上最耀眼的明星。

“我父亲当年是珠溪大队的老支书，在当地，那可是个响当当的人物。说一不二，很多人都非常怕他，连公社书记也很给他面子。”

那天晚餐后，在一轮中秋圆月的照耀下，我和小满婶沿着老街一路散步，不知不觉又走到了银杏树下。时候不早了，广场上锻炼和休闲的人群渐渐散去，风吹树叶的“沙沙”声，更增添了秋夜的凉意。她忽然说起了她父亲，我不确定这只是寻常的闲聊，还是另有深意。

“我从小就喜欢唱歌，上小学的时候我一直是班长，学习成绩一般，但我会唱歌，又乖巧懂事，所以老师们都喜欢我。初中毕业后，我回乡参加劳动，那时候在乡下，初中生就像现在的大学生一样金贵，很快我就当了村小的代课老师。‘文革’开始后，每个大队都要组建毛泽东思想文艺宣传队，林中无老虎，猴子当大王，大队就派我负责组建宣传队。”

我静静地听着，并不插话，预感到，她正朝着我很久以来所希望的那个方向迈进，所以很害怕自己任何一点不恰当的反应，会把她吓回去。忽然有些好笑，感觉自己就像一个在门外蹲守的人，紧张地透过虚掩的大门向内张望，害怕那扇门会突然关闭。

“姚老师，您帮了我们这么多，真的不知道怎么感谢您。您想知道什么，我今天全都告诉您。”

仿佛听到大门“吱呀”一声洞开，主人盛情邀我小酌，我终于可以堂堂正正入得门内，肆意地参观了。

“小满婶，我来找您，一个重要的原因其实是受人之托，他叫胡阿喜，您还有印象吗？”我抓住机会，把这个重磅炮弹扔了出去，很想看看它的威力有多大。

她明显很意外，却很镇定。沉默了一会，问道：“他还好吗？”

月华给万物披上了一层银色的纱，在它温柔的包裹下，心扉正一点点地打开。

听完我和胡阿喜几个月来交往的经过，小满婶轻轻叹了口气，不知是为胡叔不如意的境遇，还是他对民谣、对她一辈子放不下的执念，或者，为多年前的旧事。

“这辈子，要说我有对不住的人，就是他了！”

记忆的深泓光影斑驳，充满诱惑，小满婶用平静而柔和的语调，带领我走向它的深处。

那年冬闲时节，珠溪大队新组建的毛泽东思想文艺宣传队接到大队派下的任务，要组织一台突出政治、宣传大好形势的文艺节目，春节的时候在大队部前的晒场上演出。老支书许春良，也就是许小满的父亲，对自己的女儿特意强调，到时公社派来的驻村干部也要来观看演出，同时要挑选好的节目参加公社会演。

二十岁的许小满虽说已当了三年多的老师，但这样重大的政治任务还是头一回遇上。要说不慌那是假话，不过，究竟是老支书的聪慧女儿，见识要比一般的乡下女孩广。她很快镇定了下来，客观分析了一下宣传队目前的实力，觉得要在如此短的时间内拿下一台节目，一是必须保证演职人员脱产排练，二是必须借助外援。而演出所需要的所有人力、物力和财力，最后都归结为权力。因此，小满把这个皮球又踢给了父亲。

被皮球击中的老支书并不意外，相反，一直呵呵地傻乐，心想，真不愧是自己的宝贝闺女，到底拎得清，还很有魄力。他也答应得很干脆："大队的人，你看上谁，都归你调遣，脱产排练，工分照记。至于钱嘛，你也知道，大队财力有限，只要不是狮子大开口，'帮木'里，我一定支持。""帮木"，在阳羡方言里，是合理范围的意思。最初是指船舱的沿口，装载的货物只要不超过沿口，就不会掉进水里。所以说，"帮木"，也就代表着一个事物的最大限度。

在父亲身边长大，这样的分寸，年轻的小满自然能够拿捏得当。她向父亲提出："钱倒是用不了多少，但要借用一下您的名头，我想请云湖中学‘红烂漫’宣传队的乐队友情支援我们一下。您也知道，大队除了几面破锣鼓，没什么像样的乐器。我们宣传队也只有一个会拉二胡的盘明伢，一个会吹笛子的二亮伢，水平也都不怎么样。一台节目没个像样的乐队，肯定不行。”

老支书很干脆地应承了下来。后来的演出证明，这支高水平的民乐队，的确让整台节目提升了好几个档次。不仅如此，盘明伢和二亮伢也在乐队里拜到了师傅，技艺长进了不少，这才有了他俩各自的独奏节目。

宣传队里有位苏州女知青会跳民族舞，小满就让她手把手教队里的几位年轻姑娘，最后，她们排练出一支集体舞《北京的金山上》。那会儿，最早的几部革命样板戏刚在全国风行，各级政府也在大力地宣传推广，它们自然是整台节目的重头戏。小满之所以向父亲要调兵遣将权，是因为，他们大队样板戏唱得最好的秀云嫂子，二十七八岁，却已是三个孩子的母亲了。宣传队都是一帮未婚小青年，秀云这样的身份，自然不会加入宣传队，不光家里不会同意，她自己也会忌惮别人的说三道四。

小满听说，秀云嫂子未出阁时，就是娘家大队的文艺骨干，十一二岁就会唱锡剧《双推磨》《红色的种子》，那甜美的嗓音、软糯的声腔，县锡剧团刘团长认为，颇有锡剧皇后姚澄的韵味。秀云长得也清秀，虽然算不上十分漂亮，但也很出挑。刘团长一度很想招她进县剧团，无奈那年秀云已经十九岁了，没练过基本功。这样的年纪，韧带基本已定型，刘团长不确定能否拉得出来；即使拉得出来，这个过程会很痛苦，秀云是否吃得了这个苦，他完全没把握。

刘团长一犹豫，秀云就嫁人了。

在村里一帮男人们看来，秀云都生三个孩子了，腰条居然没什么变化。他们在一起议论起女人时，瘌痢头福庚总会用两只手围成一个圈比画着说，泽春媳妇的腰和城里来的女知青差不多粗，掐掐才一把。屁股也不大，没想到这么会生养。干活也是把好手，泽春伢这小子，真有福气！

大家便拿福庚开涮：你亲手掐过的？软不软啊？当心泽春伢一枪崩了你哟！

泽春伢是秀云的老公，大队民兵营长，整天背着一杆枪到处巡逻，说是防范地富反坏分子搞破坏。

秀云全家的思想工作，是老支书亲自上门做的，结果当然没有悬念，非常顺利。

演出那天，秀云在台上一个亮相，村里很多人居然没认出她来。她属于一化妆就特别惊艳的那种人。经过县剧团当家花旦的悉心指点，她的一曲锡剧《沙家浜》选段《定能战胜顽敌渡难关》，让观众们都认为，她是县剧团来的专业演员。

让小满没想到的是，秀云嫂子的现代京剧唱得也不错。秀云说，大队的高音喇叭里天天播放那几段样板戏，听都听会了。于是，小满让一个女知青和她搭戏，秀云演《红灯记》里的李铁梅，女知青演奶奶，居然还真像那么回事。用现在的话说，秀云一扮上装，满满的少女感。村里的男人们都拿泽春伢打趣，说他又讨了个“大小娘”。“大小娘”是当地人对大姑娘的称呼。泽春伢被说得一愣一愣的，他还没有从惊讶中回过神来：台上那个扮相俊美、声音像百灵鸟一样婉转动听的姑娘，真是自己的老婆吗？

那天最出彩的节目还不是秀云她们的戏曲表演，而是一个全新的原创节目，男女声表演唱《守林女战士》。这个节目，让许小满在一个月里瘦了八斤。不是特意减肥，而是她倾注了大量的心血。

早在老支书答应出面帮闺女解决疑难问题的时候，他就提出了一个交换条件：必须确保有一个节目能参加公社的会演。许小满一口答应。事后想想，这件事并不简单。她拿着自己拟定的节目单，跑到镇文化站，请毕干事帮忙参谋一下，哪个节目能被选中。虽然她一通吹嘘，说秀云嫂子他们一帮演员的表演水平如何厉害，但后者的头摇得像个拨浪鼓。

毕干事虽然年龄比小满大不了多少，但究竟在镇文化站锻炼了两年，见识不一样了。他以一个专业人士的口吻强调，那种大路货的节目，你们肯定不是最好，只有反映你们大队新人新事的自创节目，才有竞争力。

一句话点醒了小满，她仿佛意外探得了成功的秘诀，兴奋得双颊绯红。

可是，让谁来写，写什么呢？她一时犯了难。

毕干事见小满俊俏的脸上一会儿晴，一会儿阴的，不觉有点看呆。他小心翼翼地问她，认不认识胡阿喜，和她一个大队的小年轻。他上过县文化馆的小戏小品培训班，还是优秀学员呢。如果他愿意，应该能写出一个好本子。

小满一时想不起这个人。毕干事提醒说，胡阿喜父母早亡，家里弟妹多，还有一个年迈的爷爷，他很小就到隔壁平陵县的墨山煤矿当矿工了。

听他这么一说，小满想起村西面有几户散住的人家，和大村隔着一条小河，好像其中是有一户姓胡的，家里有位白胡子老爹，整天坐在门前编竹篮。

一个晴朗的冬日清晨，许小满背起一只军用书包，骑着父亲那辆破旧的长征牌重型自行车，出发了。目的地——五十里地外的墨山煤矿。

小满婶和胡叔的初次相见，和我想象中不太一样。也难怪，我受传统的才子佳人故事毒害太深，总觉得俊男靓女，青春年少，必定要在一个如诗如画的仙境里意外相逢，才会一眼定情，终生难忘。何况，他俩是因民谣结缘，本身就很文艺。

五十里山路，天寒地冻，一个弱女子，去陌生之地寻找一个陌生男子，怎么看，都觉得豪气。没想到，看似温柔娇弱的小满婶，年轻时也有着山里妹子的心性，就像开在野地里的向日葵，周身散发着自信与活力。事实上，她本身就是一个小太阳，让人不敢直视，却无法忽视。

可以肯定，年轻的胡叔对这个即将见面的小太阳完全没有抵抗力。不知道胡叔那双适应了黑暗矿井的眼睛，在猛然见到白亮世界里的这颗小太阳时，内心巨大的冲击波，会不会让他一个趔趄。

小满婶也被我逗笑了，她说，只记得当时从井口走出来一群矿工，个个包公脸，也有人戏谑他们是一群“非洲毛驴”。边走边盯着我看，指指点点的。我也不敢上前询问，只好拿着大队开的介绍信，来到厂办等候。后来，胡阿喜终于来了，胡子拉碴的，像个老头，我以为弄错了。得知我找他，他站在原地愣了半天，才结结巴巴地说：

“昨天矿上有人来传话，说大队要派人来，以为家里出了什么事，没想到……”

“没想到会派一位天使来，哈哈！这真有点像现实版的董永和七仙女啊！”一不留神，我又落入了传统戏码的窠臼。

那天，小满想了好久的说服动员的话，一句也没派上用场。胡叔毫不犹豫就答应了。后来，两人恋爱后，阿喜一再申明，当时绝对不是被美女冲昏了头脑——当然，的确也是惊鸿一瞥。不过，最主要还是因为感动和钦佩。

接下来，唯一的困难就是请假了。没想到，大队的介绍信也是硬通货，矿上领导一看是许春良的大队要借人，答应得十分爽快。小满也是开眼了，父亲的名头在这里居然也这么好使，不禁对自家老爷子多了几分敬佩。

按照我的理解，男女声表演唱《守林女战士》从选材到酝酿再到修改、排演的过程，也是胡叔与小满婶爱情萌发、生长，到相互试探，再到真情告白、私定终身的过程。小满婶承认，事实大抵如此。不过，令他俩的关系由量变到质变的催化剂，并不是这个表演唱，而是民谣。

这个爱情剧的转折点充满了戏剧的张力。

那个上午，小满本来是去公社开会的。珠溪大队的男女声表演唱《守林女战士》，因塑造了一群不辞辛劳为集体守护山林、与坏分子做坚决斗争的女社员形象，顺利地入选了公社会演的节目单，小满作为负责人，那天去公社参加了会演的筹备会议。开完会，刚骑车拐上镇郊的土路，她意外地看到了一个熟悉的身影，胡阿喜。自从《守林女战士》的本子定稿后，阿喜就回了煤矿，大队演出那天，他也没赶回来，说是矿上最近一段的任务特别重。

那天的演出相当成功，但小满并没有自己预料的那么开心。她告诉自己，是因为编剧没有到场，不够完美。其实，心里还有另外一个声音在提醒她，自己在乎这个人。到底这种在乎意味着什么，她不知道，也不敢想。

远远地，小满见阿喜飞快地骑着自行车迎面而来，就停下自行车，微笑地看着他。阿喜骑到跟前了，才发现小满，急忙想停下，但估计旧车子刹车不灵，他两只脚赶紧踩到地上，拖出两条长长的脚印。

阿喜有些难为情地傻笑了一下。小满发现，他把自己收拾得很干净，刮了胡子，头发也理过了，还穿了件半新的藏青色中山装，口袋里插着一支锃亮的钢笔，比他在村里的时候还精神。上次小满从煤矿回来，在村里再见到阿喜时发现，经过一番收拾，他居然是个白净的帅小伙。那双大眼睛睫毛浓密，看起来有点过于花哨，幸亏配上一双剑眉和挺直的鼻梁,不然真有几分“娘”。小满不喜欢长得过于阴柔的男人,“娘娘腔”就更别提了。奇怪的是，她竟然觉得阿喜的那双眼睛很好看。甚至，有点像电影演员王心刚。记得当时这么一想，她的脸不觉有点红。

此刻，小满觉得阿喜打扮得有些正式，车把上还挂着两盒小酥糖，那是隔壁黄塘乡的特产，看起来像个要去相亲的小伙子。她心里猛地一拎，眼前这个人不会真的是要去相亲吧？而阿喜含糊其词地回答说去看望一位亲戚，这更让小满觉得可疑。换作以往，遇到这样的情形，她肯定不会穷追猛打。她不是个爱打听的人。但那天，相亲两个字在她脑海里，像一只突然飞出的苍蝇一样，她急切地想把它消灭。于是假装轻松地问，是哪位长辈，住在哪个村啊？

阿喜一时有些慌乱。停顿了一下，看看四周没有人，就压低声音说，其实我是去茂华乡的竹海大队看望我师父，他是一个唱民谣的好手。

和小满相处了两个月，他确信她是个值得信任的姑娘。

小满有些惊讶。她知道如今的形势，很多过去的文艺作品都被打成了“毒草”。她不确定阿喜所说的民谣算不算“毒草”，但小时候听过的民谣，现在都没有人唱了，走村串户的唱春艺人也不见了，这是真的。

还是小姑娘的时候，小满可喜欢听村上的德全爷爷唱民谣了。他喜欢唱些男欢女爱的春调，又是个盲人，所以村里人背地里都喊他“骚瞎公”。听多了，小满也学会了几首。自从德全爷爷过世，她很久都没听过民谣了。

这会儿，小满来了兴致，悄悄问阿喜，能否带她一起去。阿喜的眼中掠过一丝惊喜，随即点了点头。

世间的缘分，总是在你望眼欲穿的时候与你擦肩而过，却又在你不经意之时突然降临。那个阴冷的冬日，似乎并不适合发生什么浪漫的故事，却成为小满人生中最灿烂的一天。以后的岁月中她最珍视的两样东西——爱情和民谣，手拉着手，像一对孪生姐妹，飘然而至，照亮了她略显黯淡的二十岁生命。

半个多世纪之后，小满回忆起那天，在阿喜的师傅陈三林那间位于竹海深处的茅草屋里，第一次听阿喜唱民谣的情景时，她忽然有些怀疑，时间真的过了这么久了吗？她分明还记得，煤油灯的火苗一闪一闪的，阿喜俊秀的脸庞被照得红彤彤的，两个眼睛里也有火苗一闪一闪的。她第一次发现，男人的眼睛也可以是水汪汪的，像两潭幽深的泉眼。她还记得，茅草屋里那张铺着干草的竹床，架在南窗下，有一缕光线射在床上红绿相间的花被面上；床尾是一眼黄泥砌成的土灶，上面正冒着热气，还有烤山芋的焦香一阵阵扑面而来；她还记得，南墙上挂着毛泽东去安源的画像，画像中的伟大领袖正年轻，穿着青色长衫，臂弯里夹着一把油纸伞，在高天流云的背景下目光坚定、踌躇满志的样子；记得北墙上挂着一顶斗笠，一件蓑衣，一只竹匾，甚至，她还记得墙角那些竹刀、竹筐、扁担、钉耙摆放的次序……

她更记得自己当时那些纷杂的心绪：从些许陌生、几分担忧和满心期盼，到几多欣喜、几度沉醉和无比留恋……当这些心绪五十多年后重新占满她的心房，小满忽然觉得，那个名叫小满的少女从未走远，她一直住在自己内心某个隐秘的角落里。

人生说长也长，生老病死，风风雨雨数十载；说短也短，短到只记住了几段故事，几个画面，甚至一曲歌谣。小满一闭眼，似乎还能听见那天阿喜唱《廿四节气》的歌声，像是从屋外竹海的涛声中慢慢浮上来的一个声音，有一点醇厚，又有点清亮。就像竹笛中的曲笛，自带一种动人心弦的磁性。

立春梅花分外艳，
雨水红杏花开鲜。
惊蛰芦滩闻雷报，
春分蝴蝶舞蹁跹。
清明风筝放断线，
谷雨嫩茶翡翠连。
立夏桑葚像树桃，
小满养蚕又种田。
芒种忙忙一齐种，
夏至莲子如白莲。
小暑风吹早栗熟，
大暑池畔赏红莲。
立秋知了催人眠，
处暑葵花笑盈盈。
白露燕去换来雁，
秋分丹桂香满园。
寒露田埂塌菜绿，
霜降芦花飞满天。
立冬报喜迎三瑞，
小雪雪珠落一点。
大雪寒梅迎风开，
冬至瑞雪兆丰年。

小寒游子思家乡，

大寒岁底迎新年。

听惯了高音喇叭里像匕首、长枪一般的歌曲，猛然听到这样的歌谣，小满的耳朵开始有点不太适应。不过很快，歌词里唱的她所熟悉的生活，仿佛徐徐展开的一幅杨柳青画，令她的一颗心变得温软起来，就像春阳下被融化的冰雪，悄悄浸润着田垄。

小满坐在土灶边的一张竹椅上，双眼直愣愣地盯着北墙上那只斗笠，只敢用余光注视着阿喜那张青春飞扬的脸。偶尔悄悄瞥上一眼，随即低下头，默默注视着灶膛里的火焰。感觉双颊微微发烫，自己也不清楚，到底是灶火烘烤所致，还是因为别的。

和阿喜一同来的两位师弟，那天也分别唱了一首歌谣。小满记得，他俩那天发挥得都不太好，有几句卡壳了，师父后来说他们"脱功"了，嘱咐他们平时还是要经常练习，曲不离口，拳不离手嘛！她觉得，他俩唱得不好，和自己这个不速之客有很大关系。刚进门时，他俩见到她的惊讶表情，让小满差点笑出声来。唱歌时，她分明能够感觉到他俩的紧张，还有对她的好奇。其实，阿喜开始唱的时候也有一点紧张，当他发现小满并没有注视着他时，很快便找到了感觉。

倒是师父陈三林，对小满的出现并没有表现出意外。阿喜告诉他，小满从小喜欢民谣，这次是来拜师的。

这是阿喜和小满在来的路上商量好的说法。倒也不假。

师傅问小满会唱些什么歌谣时，她腼腆地说，没学过，就是喜欢听。她不好意思唱小时候跟"骚瞎公"学的那些歌。因为长大后她懂了，大姑娘家家，不能唱这样没羞没臊的歌。

陈三林的茅屋在半山腰上。还在新春年节上，家家户户仍沉浸在一年之中难得的轻松喜庆的氛围中，除了偶尔会碰上几个偷伐毛竹的毛贼外，山林里十天半月也看不到一个人。来的路上，阿喜告诉过小满，他的两个师弟今天也会来。他们的聚会是不能让外人知道的，所以选择在师父看山的茅草屋里。

"你也知道，现在没人敢唱民谣。"阿喜一脸坦诚地对小满说。但他和两个师弟跟了师父好多年了，他们都放不下民谣。尤其是师父，他也因为这个，选择做了护林员。

下山回去的路上，小满有满肚子的疑惑想问阿喜，关于唱民谣，关于他们师徒，一切和今天和他有关的事，她都想知道，却不知从何问起。阿喜看着她欲言又止的样子，轻轻笑了一下，对她说，有什么想问的，他一定知无不言。

小满也不好意思地笑了。

没有阳光的冬日，竹林里有些昏暗，碎石铺就的林间小路，像一条青色的腰带，蜿蜒而下。阿喜说，这是一条茶马古道，沿着这条小路，翻过这道山岭，就是浙江了。过去，这条道上到处是铜铃声声的骡队、独轮车以及挑担的脚夫，人们将茶叶、板栗、春笋等山货运往山外，再经水路运往更远的地方。如今，有了盘山公路，山货出山都改用汽车运输了，这条道便成了山民们往山下拖毛竹的通道。

小满听着，觉得特别新鲜。她没有想到，此地离自己生活的珠溪也就四十里地，却已是另一番景象。珠溪那里的山和这里一比，只能算小土丘，也不长毛竹，只生杂树，更没有这么历史悠久的茶马古道。

踏着枯黄的竹叶，听着低吟的涧鸣，阿喜说起了自己学唱民谣的那些往事……

小满默默地听着。在某个瞬间，她觉得眼前的一切都像梦境一样不真实。她从来不知道，日子还能这样过。和自己早已习惯的嘈杂而琐碎的生活相比，她更喜欢眼前这样的时光。它似乎有着一双温软的手，轻轻拍打着她那颗少女的心，令她无比激动，又生出无限柔情。

“你们常来这里唱歌吗？”小满问道。

阿喜说，差不多一两个月才能来一次。大家凑在一起非常不容易，两个师弟都在生产队，只有农闲时候或者雨天才有空；自己在矿上常年三班倒，一个礼拜只休息半天，要来师傅这里，只能和别人换班。

小满见过他从矿井下上来的样子，当时，她有些同情这个满腹文才却背负着家庭重任的男人。村里人都羡慕阿喜当上了工人，旱涝保收，风吹不着，雨淋不着。可小满不这么看。下井采煤不光辛苦，还危险。她听父亲说过，矿工整天待在不见天日的井下，阴暗潮湿，还有粉尘、噪音以及空气污染等，所以大都患有各种职业病。更可怕的是，遇到塌方或透水，还有生命危险，所以矿工的收入比一般厂子的工人要高。可再高的收入，也没人的生命和健康重要啊！

现在小满似乎有点猜到，支撑这个男人日复一日在矿井下劳作的是什么了。对的，一定是民谣。在昏暗的井下，它像一个美丽而光明的梦，照亮了他的心。有了这个梦，人再苦再累，心也是甜的。

她偷偷瞄了一眼阿喜，感觉眼前这个男人太不寻常了，和她所有认识的男人都不一样。原先，她认为自己的父亲是最有本事的男人，她也希望能遇到一个像父亲这样，既能干又有担当的男子。可自从认识了阿喜，她忽然对自己这个标准产生了动摇。阿喜也是有本事的男人，但明显和父亲不一样，他更像个读书郎，懂的那么多，追求也和常人不一样，似乎不切实际，却又如此美好，让人不由自主地被吸引，不能自拔。小满觉得，自己也和阿喜一样，前世一定和民谣有缘，否则，为何这般痴迷呢？

小满提起刚才陈三林师傅很爽快就答应收她为徒的事。阿喜说，当年，自己和那两个师弟跟师父磨了好久，师父才肯收他们，说小满的面子可真大。小满说，你就别谦虚了，到底是谁的面子大，还用说吗！阿喜也被逗笑了。

小满说起他们今天唱的歌谣都很好听，她都想学。阿喜说，自己唱的那首《廿四节气歌》，是前人根据时令总结出的生产生活经验，很实用，老百姓都很喜欢听。两个师弟唱的，有一首叫《九九古人》，就是那首数九的歌。唱的人叫徐坤生，竹海村隔壁胥井大队的。另一首叫《我同小妹》，那个师弟叫耿正荣，龙山大队的。

小满一听《我同小妹》这歌名，便忍不住笑了，眼前浮现出耿正荣那张稚气的面庞。难怪唱歌时他脸涨得通红，表情尴尬，声音也不大，被师父说成是“蚊子叫”。说这话时，陈师傅还看似不经意地瞟了小满一眼。

阿喜没注意到小满的神情变化，他的注意力全在这两首歌上，自顾自地接着说：说是数九，其实也没怎么说到时序物候，倒是说了一堆古时候的传奇，不过也很精彩。

一九生来才立冬，
单鞭救驾尉迟恭，
瞒天过海薛仁贵，
保住唐王去征东。
二九生来冷兮兮，
关公上马等张飞，
桃园结义三兄弟，

虎牢关上显高低。
三九生来雪花狂，
张飞猛将性刚强，
豫州失落豫外得，
古城相会刘关张。
四九生来白茫茫，
六国沙陀遇君王，
十三太保李存孝，
铁篙摆渡王验庄。
五九生来暖洋洋，
二十八宿闹昆阳，
姚奇武双来救驾，
救驾伴逃救汉王。
六九生来春当头，
六郎命儿把兵求，
扬州困打杨文广，
穆桂英挂帅去报仇。
七九生来看红灯，
连环巧计闹东京，
十二个举人来保驾，
保驾太子坐龙廷。
八九生来孤雁飞，

秦琼卖马到山西，
游龙山上有好处，
得到圣旨斩曹义。
九九生来二月中，
百万军中赵子龙，
曹营当中救阿斗，
三国之中称英雄。

阿喜将歌词念给小满听。小满想起小时候，下雪天，她和小伙伴们总是在外面疯玩，玩着所有孩子在雪天乐此不疲的把戏——打雪仗，堆雪人，蹲在地上让人拉着滑雪……还有那些幼稚可笑的恶作剧：用力地摇落树上的积雪，淋得树下的人满头满脸；抓一把雪悄悄塞进男孩子的脖颈，或者用一双冰冷的手突然捂住小姐妹的脸……

正玩得起劲，奶奶迈着一双小脚寻来了，絮絮叨叨地将落汤鸡一般的她领了回去。厨房的灶膛正烘着红芋，小满忽然就觉着饿了。一边烤着炉火，吃着热乎乎的红芋，一边听爷爷说着薛仁贵或者赵子龙。她发觉，就着爷爷从茶馆里听来的这些故事，红芋吃起来竟然特别香。就像用奶奶做的豆瓣酱拌面，绝配。

许多年后，偶尔再听到这些耳熟能详的故事，小满会不由自主地想起纷飞的雪，暖暖的灶火，还有爷爷绘声绘色的讲述，仿佛它们早已融为一体。

听小满婶说《九九古人》和她小时候的故事，我所感慨的，不是那些相似的美好经历，而是无处不在的文明教化。尤其在民间，它们融进了歌谣里，戏文里，评书里，融进一切传统的娱乐活动里。它们生动有趣，曲折感人。有的新鲜刺激，人们闻所未闻；有的就像发生在自己身上的故事，让人有强烈的代入感。那种润物细无声的功力，真的令现代人叹为观止。我相信，数九寒天听历史传奇，是多少代人的集体记忆。一种古老民间风尚的内里，是文脉的绵延不绝。

那天，阿喜没有把《我同小妹》的歌词念给小满听，小满也没问。两个人心照不宣的默契里，有一种别样的情愫在疯长。

小满跟师父陈三林学得很认真，进步也快。她总是编造各种理由和同事调课，向校长请假，然后直奔师父的茅草屋。当然，不会忘记带上点自己做的干粮小食孝敬师父，毕竟，师父一个人在山上，生活也清苦。

收小满为徒，是陈三林近几年来最高兴的一件事。自从巧凤嫁到窑山镇后，他就一直在物色一位接替她的女徒弟，让他没想到的是，小满真是个唱歌谣的好苗子。天赋不错，关键是悟性极高，懂的也多。这都是因为小满有文化。这一点要强过巧凤不少。其实，那天阿喜带小满走进他的茅屋时，陈三林就发现，这丫头的一双凤眼非同一般。人呢，表面看着非常文静、温和；细看，却透着机灵，还透着一股劲。懂事，待人接物很有分寸。陈三林着实为阿喜感到高兴。虽然阿喜口口声声说，小满是他们大队的团支书，是他的领导。可陈三林太明白了，甚至比阿喜自己还明白。这么多年，阿喜从来没有带过别的女孩子来他这里。虽说拜师，可怎么着也得先和师父我先通个气吧。陈三林心想，这臭小子就这么自顾自地把人带来了，这完全不是他的做事风格。唯一的解释是，他对这姑娘的人品才貌是高度认可的，对师父我的收徒标准，也拿捏得很准。

陈三林想起，先前巧凤对阿喜也是动过心思的。那年，自己帮他们两个排演歌谣《卖杂货》时，巧凤眼睛里的一团火，让阿喜不敢与她对视。他看在眼里，不露声色，但是心里，对阿喜还是有看法的。巧凤虽说文化不高，可善良本分，人也勤快，跟了他好多年，学歌谣肯下苦功，唱得也委实不错。作为师父，他当然希望徒弟们能成为真正的一家人，他也早就把他们当作了自己的孩子。

现在好了，小满的到来，让陈三林如获至宝，他拿出自己全部的本领教她，不求任何回报。这让小满很是感动，也有些不安。

有了民谣的陪伴，小满觉得，日子过得飞快。

但有时，她又觉得很慢。因为，和阿喜见面，得掰着手指头盼。

秋日的一天，陈三林让小满和阿喜一同来，要让他们对唱《卖杂货》。小满已经会唱了，但男女对唱重在表演，演员之间的交流配合十分要紧。之前教小满唱的时候，都是陈三林充当男角，他自己也觉着别扭。当然，还有另外一个目的，他是不可能告诉他俩的。

男：一别家乡五六载，空身去漂海。
（咿啊呀得哟）空身去漂海。
漂洋过海卖杂货，到处生意做。
（咿啊呀得哟）到处生意做。
我今挑担到此地，瞧瞧二姑娘。
（咿啊呀得哟）瞧瞧二姑娘。
世上多少风流女，难觅这家人。
（咿啊呀得哟）难觅这家人。
女：头上梳起空心髻，两面光油油。
（咿啊呀得哟）两面光油油。
髻针耳爬两面插，乌云青丝发。
（咿啊呀得哟）乌云青丝发。
面上搽的清香粉，画眉的眼睛。
（咿啊呀得哟）画眉的眼睛。
手拿胭脂点朱唇，眉毛八字分。
（咿啊呀得哟）眉毛八字分。

身穿一件红绫袄，湖绸黑背心。

（咿啊呀得哟）湖绸黑背心。

八幅罗裙把乾坤，金丝细管裤。

（咿啊呀得哟）金丝细管裤。

三寸金莲踏碎步，小巧又端正。

（咿啊呀得哟）小巧又端正。

大红花鞋足下蹬，正当二面分。

（咿啊呀得哟）正当二面分。

后来有一天，在胡叔给我的一本他记录阳羡民歌的本子上，我看到了《卖杂货》的歌词。这女角开头唱的一大段描写自己打扮的话，太有意思了，那种细细的描摹，和对这个时代小家碧玉女子服饰的熟稔，特别是对色彩与质地的了然，颇有《金瓶梅》的手笔。

后面的故事也十分精彩。

小货郎在心上人的门前故意高声叫卖，被正在绣花的小姐听见了，于是她将“花针插在花绷上，就把懒腰伸”。这位小姐端的是可爱，没有急着下楼，而是先伸了个懒腰。估计这二人并不相识，小货郎也是听闻这二姑娘的美名，慕名而来；又或者二人少时相识，如今过了五六年，大家都长大了，也听不出故人的声音了。

她下了楼，让丫鬟请小货郎进门，给人端茶。陌生男子可以进门与小姐见面聊天，这在大户人家，几无可能。倒也不是小户人家不讲规矩，而是门槛稍低，三姑六婆少。情节是在小姐见货郎堂堂正正、不卑不亢，且生得眉目清俊之后，发生根本转折的。在此，你不得不佩服古时候闺阁女子的慧眼了。她们大门不出，二门不迈，却照样知道什么样的男子可以托付终身，且要在很短的时间里迅速做出判断。那是怎样的一双火眼金睛啊！我相信，为炼就这样一双眼睛，小姐必定是下过一番苦功的。说不定这样的训练，从豆蔻之年便开始了。虽然缺乏实战的机会，难免有时会看走眼，但事实证明，幸福美满的比例也是很高的。

老天给予闺阁女子们遇见理想男子的机会，一生或许只有一次，她们必须牢牢把握。所以，你看这位二姑娘立刻就查起了人家户口："请问客官尊名姓，何处是家乡？"小货郎如实回答了，心里却有点不乐意："你要买货只买货，不该盘问我。"他居然脑子一时没转过来，真是个二愣子。不过很快，他就开窍了："姑娘仔细盘问我，且看她怎样。"小货郎一时吃不准二姑娘的心思，不过，还是充满期待的。他如实地做了回答。

接下来，二人谈起了生意，小姐要买红绫、绒线和花边，说了颜色、尺寸和材质，然后问总共多少钱。这个时候有个细节请大家注意，小货郎不光三样货品都给足了尺码，还"相送不要钱"。人家不过问了两句你的个人情况，你就这么急着示好，也太明显了吧！

这个时候，小姐心里已经十拿九稳了。于是答谢之后，又开始查户口了，而且这回直奔主题："家中还有什么人？是否已娶亲？"

小货郎不但回答"家中只有老娘亲，自己未娶亲"，还"多谢姑娘来相问"。面对查户口，这态度变化还真够快的。

小姐也很干脆，让他"卖完杂货早回程，托人来说亲"，并且做出郑重承诺："侍奉老娘我担承，伴你到终身。"小货郎此时完全被突然降临的幸福打倒了，表示将牢记小姐的肺腑之言，明天一早就回家，让她静候佳音。

客观地说，这是一个十分老套的爱情故事，不过其中也有一些很有意思的地方。比如，很短的一个篇幅里，对当时人们的服饰、礼仪和社会交往方式等有比较具体的描绘；再比如，这两个青年男女的个性刻画也很到位。总的来说，女孩在这场以爱为目的的角逐中始终处于上风，她目标明确，处事大胆，步步为营，敢于胜利，是个典型的进攻型选手。这在男尊女卑的时代相当不容易。显然，女主角在婚恋方面更为成熟。这么看来，从古到今，这似乎早已是个定律。

相形之下，男孩子显得有些被动。他本来是带着想法去的，但一上来就被小姐查户口，他居然还不乐意，可见有点不解风情。在整个过程中，他是被动的，要"且看她怎样"。女孩如果只是和他闲聊，并无心动之意，估计他也就灰溜溜地挑起货担滚蛋了。或许，他觉得自己与小姐门第不配，所以不敢主动出击。但从小姐最后让他赶紧托人来提亲这件事来看，他们两家之间的社会地位应该差距还不算太大，否则女方父母怎会同意呢？想必，小姐肯定会提出另一套方案——月夜私奔。如此看来，小货郎的被动不是因为自卑，而是胆怯。也亏他出去闯荡了五六年，萝卜干饭真是白吃的。

这是个结局圆满的爱情故事，充满生活气息，还有那么一点诙谐，非常符合老百姓的审美意趣。这些，才是民间艺术得以广为流传、代代相承的根本。民谣就像茅草根，苦叽叽、甜滋滋，它来自泥土。“草木有本心，何求美人折。”你不能离开实际去要求它做到独特、新颖、深刻、唯美。事实上，它若真的依了你，它就不叫民谣了。民间艺术一旦失去了民间性，就变得不那么可亲可近了。这是我自接触民谣以来的真切体会。后来，我把它写进了我的书里。

阿喜和小满排练倒还顺利，唯一的不足，是小满的眼神交流做得不大到位，和之前的巧凤刚好相反。陈三林要她抽时间和阿喜好好磨合磨合，她红着脸，点了点头。

转眼到了第二年的三四月间，山乡陆续进入了“笋场”。在阳羡方言语境里，笋场是个时间概念，是指春笋上市的季节。陈三林也进入了大忙季，再说他负责的那一片山林，天天都有人来挖笋，民谣的排练也就只能暂停了。不过他把教小满唱新曲的任务交给了阿喜，嘱咐他有空时常回去看看。

小满也忙，忙着春茶采摘的事。

阳羡有着全省最大的茶叶种植面积，这里生产的阳羡茶，早在唐代就是有名的贡茶，每年清明快到的时候，远在长安的大唐皇帝，就惦记上了这里的春茶。而此时的阳羡山区，正在举行着隆重而盛大的贡茶生产活动，常州太守亲临开园，征调几万茶农突击采茶。贡茶制成后，常州和湖州两郡的太守，要在两州交界的茶山境会亭设宴相会，共商修贡事宜。席间，还会诗词唱和，仪式感满满。随即，贡茶通过驿道，日夜兼程送往长安，故当时又称之为“急程茶”。当阳羡茶出现在朝廷的清明宴上时，像来自江南春天的第一捧新绿，第一缕柔波，使得龙心大悦，朝廷上下赞不绝口。而大诗人卢仝的“天子须尝阳羡茶，百草不敢先开花”诗句一出，更让阳羡茶有了无比尊贵的地位。

学生们全都放春假了，小满组织高年级的孩子们到茶场帮忙包装茶叶，打打下手，有时还要带领宣传队到田间地头为社员们表演节目，忙得不亦乐乎。但是再忙，她也会抽空和阿喜相约在附近的石云山上见面，学唱民谣。石云山上遍地是杂树和灌木，种不了经济作物，所以人烟稀少，便成了他俩的二人世界。

爱情在这个春天里，跟着嫩笋一起茁壮成长。两个年轻人虽没有山盟海誓，却彼此心照不宣，相约一辈子在一起唱民谣。

然而，命运的枪械库里有太多的风刀霜剑，它总是以此来逼迫人们臣服，宣示它至高无上的权力。在某个约定的日子里，阿喜没有出现。以往，他如果有特殊情况不能如期赴约，总会想方设法让小妹带话给小满，有点像白色恐怖下，中共地下党的交通员传递情报，小妹当然就是那个出色的交通员。然而这一次没有，小满隐隐感到了不安。那个夜晚，她平生第一次失眠了。

果然，第二天一早，一个爆炸新闻在全村传开了——墨山煤矿出事了，三十多个矿工被困在了井下。小满听到消息的时候正在上课，她放下教鞭就跑出了教室，向着大队部飞奔而去。父亲亲口证实了这个消息。事情的起因是井下采煤遇上了潜水层，导致矿井灌水了。矿上来了电话，说被困的矿工里就有胡阿喜。

小满突然间什么也听不见了。她看见身边所有人的嘴都在动，可就是发不出声音。连一直在播放革命歌曲的大队的高音喇叭，也一下子安静了。

小满跌跌撞撞地往回走，不知不觉就来到了石云山上。她特别希望那个令她感到恐怖的消息是个谣言，说不定此刻，阿喜正在山上那棵檫树下等着她呢。就像以前一样，笑眯眯地看着她从山谷里一点点地走近。

老支书许春良带人寻遍了珠溪的每个山岭，天快暗下来的时候，终于在石云山顶见到了宝贝女儿。

五天后，阿喜他们终于获救了。小满觉得，像是过完了五年。

然而，阿喜的情况不容乐观。小满偷偷去了趟县医院，听医生说，长时间缺氧对阿喜的大脑造成了损伤，使他仍处于昏迷状态。目前而言，还不能判定损伤的程度，严重的话，会引发脑瘫、癫痫等病症。另外，井下灌水后的环境非常潮湿，他的关节因此出现了水肿，严重的话，会演变成风湿性关节炎。

小满为阿喜感到心痛。这样一个心气颇高的青年才俊，如果成了傻子、瘫子，那还不如让他去死。人，真是命若琴弦哪！而她自己，早就横下一条心，要陪伴在阿喜身旁，一辈子不离不弃。

只是眼下，帮助阿喜树立信心最为关键。医生说过，只要积极治疗，还是有很大希望的。那天，小满回到村里，向校长和父母谎称，镇文化站的毕干事通知她去县文化馆，参加小戏小品创作培训班，大概需要一周时间。第二天，她就带着几件换洗衣服去了县医院。她要陪在阿喜身边，和他一起应战病魔。

一周很快过去了。在小满到来的第三天，阿喜苏醒了，但他的神志时而清醒，时而糊涂。双腿消肿了，却还无法下床活动。医生说，这个时候患者特别需要有人在旁照顾。可小满必须回去了。

好在阿喜的小妹在，她稍稍放心了些。她让小妹每天抽空给她写信，汇报阿喜的情况。信件可以托轮船站跑云湖线的一位老师傅带给她，她每天都会去镇上的轮船码头等消息。此后她每天的生活里，黄昏时刻去码头等一封不确定到来的信，变得异常重要。然后，每个星期天，她都会想办法来看望他。

第一个星期天清晨，天色还没完全大亮，在云湖镇的轮船码头，小满意外地发现了父亲的身影。

父亲是特意来此等她的。她明白，父亲什么都知道了。

老支书没有阻拦女儿去县医院，他只表明了一个观点：他未来的女婿不能是胡阿喜。小满能听得出来，父亲的口气里，没有任何商量的余地。她没有想到，一向宠爱她的父亲，在这件事上的态度会如此决绝。

又气又急的小满边哭边和父亲理论，她拿《婚姻法》说事，骂父亲是个老封建。老支书坐在轮船站门前的马路牙子上，一言不发地抽着烟，听着女儿的指责。一根烟抽完，他站起身，掸了掸身上的烟灰，叹了口气，说道：

"闺女啊，一个家全靠男人支撑门户。男人如果废了，这个家也就毁了，女人就得跟着吃一世的苦。大大不反对你自由恋爱，但我不能看着我的闺女往火坑里跳。我不怕你恨我，为人父母的苦心，等你将来成了家，当了娘，自然会明白的。"

说罢，他头也不回地走了。

失魂落魄的小满来到县医院，却没有见到阿喜，一打听，医生说阿喜他们几个重症病人转到苏州的大医院去了。

小妹居然没有告诉她。这一定是阿喜的意思！

一时间，她的目光恍惚不定。她觉得脚底好软，人都站不住。心像被什么扎了一下，痛得滴血。此后好几天，她还是会不由自主地跑到码头上去等一封信。结果是，那个师傅摊着空手告诉她，姑娘，算了吧。

此后的许多年里，她无数次回想起那天的情景，却总也想不起来自己是怎么回到家的。她只记得初夏的阳光明晃晃地在树梢上闪耀，像一把把锋利的剑，刺得她眼睛很疼。

两个月后，病愈出院的阿喜忽然不知所终。小满辗转从小妹口中得知，他办理了病退，然后去了安徽。具体在哪里，小妹也说不清。

小满觉得，随着这年夏天的结束，她的青春也戛然而止了。

“后来，你们再也没见过吗？”我问小满婶。

她摇了摇头，说，嫁到芦渎之后，便很少回珠溪了，那时候交通也不方便。有一次去看望师父陈三林，听他说胡阿喜在安徽成了家，后来他回到阳羡，在县矿山机械厂当了一名工人。再后来的情况，就不知道了。

被湮灭的爱情，把彼此喜欢的民谣做了陪葬品。相当长的一段时间里，小满不想听到民谣二字，因为那连接着她内心的伤痛。

心有千千结，最难是死结。也有月光如水的长夜，梦醒时分，那个渐行渐远的背影，突然会转过身来，朝她投来苦涩的微笑，然后，放开他浑厚、脆亮的歌喉：

正月梅花是新春，
柳毅起考上西京，
他对主考未送礼，
龙虎榜上落了名。
柳毅离京回家来，
泾阳路遇牧羊人，
见她容貌虽俊俏，
却是愁眉苦脸放悲声。
……

我看着小满婶恬静的面庞，感慨人的成长总是像蝉的蜕皮一样。我们所有受过的伤，最后都会结痂，痂壳蜕去，然后，我们变成了更加强大的自己。

九

霜降——河两岸的心事

望郎望一年，望到腊月间，

望到头晕眼泪滴，绿裙揩眼泪。

望郎二十七，家中无柴米，

一家大小淌眼泪，着急是真的。

……

寒露时节，南方的寒意并不明显，秋天依然用斑斓的色彩继续着华丽的演出，直到霜降。在北方，此时，山林、野草、瓦楞、柴扉，全都染上了浅浅白华；而南方，在无边落木萧萧下的景致里，气温正向着冬天飞奔。

羸弱多病的人们开始掉队，越往冬天走，掉队的人越多。寒冷，像一道恶魔的符咒，把整个冬天变成了一场劫难。

霜降后的第五天，我接到胡叔的电话，陈三林师傅病危了。

我坐当日最早的一班高铁赶到了阳羡。小满婶打的到车站接我，我俩直奔竹海村。按照陈三林老人的心愿，家人已经将他从医院接了回来。

在陈家附近的村道上，远远地就看见等在寒风中的胡叔。他穿了件深灰色的短风衣，花白的头发梳得很整齐，一脸肃穆的神情。我猜想，他的心情除了沉痛，一定也有紧张。来之前，我告诉了他，小满婶也来。

胡叔亲自为小满婶开了车门，她迟疑了一下，走下车。两人四目相对，胡叔向她伸出了手，叫了声："小满，你好！"

"阿喜哥，你好！"

竟是如水般的平静。

没有人会想到，昔日的恋人在分别了半个世纪后，会在这样一个场合重逢。

我想到了一个词：静水深流。

像什么都没有发生过。他们一前一后，寒暄了几句，就沉默了。

我想，这个时候，沉默是最恰当的语言。他们一定是都能听到彼此的呼吸和心跳的声音。

陈三林老人已经不能说话了。听到小满婶连叫几声师父，他微微睁开了眼，努力辨认着。突然，眼里有了光，紧紧握住她的手，眼角流出两滴浑浊的老泪。

胡叔在边上轻轻地说着什么，老人的目光看向了他，渐渐地，露出了一丝不易察觉的笑容。

他艰难地朝着胡叔伸出了另外一只手。

胡叔紧紧地攥住他的手，眼泪也淌下来了。

我用手机拍下了这个难忘的瞬间。

就在第二天凌晨，陈三林老人平静地走了。

当天，除了老人的亲戚们，我还见到了他的一帮徒弟，其中就有小满婶口中的徐坤生和耿正荣。我想起来了，在文杏别院的那场婚礼上，我见过他们，他俩都上台演唱过民谣。

陈家大门外，我没有看到乡村葬礼常见的乐队。走进灵堂，才发现里面正在播放着陈三林老人唱民谣的录像。一时间，眼泪止不住地流了下来。录像那些天的情景历历在目，斯人却已到了另外一个世界。

出殡前的那个晚上，按照当地风俗，要由乐队的男女两名歌手，用故者儿女的口吻，演唱故者的身世，歌颂他（她）的美德，表达对其的不舍与怀念。但小满婶告诉我，胡叔和他的师兄弟们，为师傅准备了一场特别的追思会。

这场特别的追思会严格来说，就是一场民谣演唱会。阿喜他们几个师兄弟，包括小满婶，全都上场了。他们还请来了乐队，就是上次在文杏别院的婚礼上演出的那支乐队。后来我才知道，早在与陈三林老人见最后一面的那个晚上，胡叔就对整个葬礼有了想法和打算。

陈家门前的场院上，临时租用的两只射灯将一面空地照得雪亮，这就是最简便的舞台。边上用编织布搭起的临时餐厅，现在成了观众席，亲朋好友们围坐在一张张八仙桌旁，怀着巨大的好奇心，静静地等待着。

整场晚会最打动人心的，是阿喜师兄弟们集体演唱的《恩师陈三林》。曲子用的是滩簧戏的一种固定曲调，歌词是胡叔写的。歌词平白如话，叙述了师傅陈三林坎坷的一生，他的刚正与良善，智慧与勤俭，他对民谣的执着与贡献，他对徒弟父亲般的关爱与包容……唱到动情处，台上台下一片哭声。放眼望去，观众席上，女人们泪眼婆娑，抽泣呜咽；男人们神情悲切，双目湿润。我相信，陈三林老人地下有知，一定会感到欣慰的。他的一生虽然平淡无奇，但他的为人却让后辈们由衷钦佩，深深铭记。徒弟们用他一生挚爱的民谣来祭奠他，是给予恩师的最高礼遇，更是一种无声的承诺。

我开始有些理解这方土地上的人们为何如此热爱歌谣了，因为他们唱的是自己的心。

当内心的块垒无法消除、情感无法寄托的时候，一种发自肺腑的声音会在他们的内心响起，它不需要借助任何器具，也无须任何技巧，却能让他们尽情地表达喜怒哀乐。它是苦涩生活里的甜蜜，也是甜蜜憧憬里的苦涩，在我们看来，是一种诗意表达，但它朴实得就像生活本身。

陈三林师傅是高寿老人，按当地的风俗，他的丧事也是喜丧。出殡那天，来讨要寿碗的村人络绎不绝，陈家准备的九十九只寿碗，不一会儿就被讨要一空。那只寿碗小小巧巧，薄胎，纯白色，描着金边，碗体上排列着三十六个寿字，红色。各种字体相得益彰。我知道这寿碗的讲究，最早它是一种很大的饭碗，当地人称“海碗”，二十世纪六十年代初，公社化吃食堂，谁的碗都不肯小。就是寿碗，也是拣最大的碗形。到了二十世纪八十年代，改革开放了，农民的生活水平提高了，肉吃多了，饭就吃少了。农民的饭碗也变小，连同寿碗，也变得小巧而轻薄。制造商为了迎合口彩，把寿碗的设计也纳入了与传统文化的对接。选择三十六种古体篆字，还把万年青图案镶入碗边，一只碗看上去里里外外热热闹闹、红红火火。当地的人，把能得到这样一只寿碗，当作是一种吉祥的祝福。

我站在初冬的田塍边，看着这些捧着寿碗、脸上挂着笑意的村人，感觉三林老人依然还在。也许，他变成了村中的一棵树，永远守着这一方水土，看着他的子孙后代们在此生息繁衍，把庸常的岁月过成一首质朴而隽永的歌谣。

葬礼结束后的那天下午，我邀请胡叔和小满婶到文杏别院喝茶，罗金花按照我发的地址，准时来竹海村接我们。这几天，胡叔和小满婶都是身心疲倦，加上人多嘴杂不方便，我就想创造个机会，让他俩单独交流一下。

冬天的夜晚来得早，五点不到，天就暗下来了。胡叔赶最后一趟班车回了县城，小满婶陪我在别院住了一晚。吃晚饭的时候，她一直沉默不语，似乎陷在回忆里还没出来。我也假装忙着刷手机，不打扰她。吃完晚饭，我借口找罗金花有事，将小满婶一人留在了房间里。

我知道老年人都睡得早，九点钟，我回了房间，却发现小满婶呆呆地坐在沙发上，目光迷离。见到我，她忽然站起身，说，我以为多年前学的民谣早已不记得了，没想到来了竹海村，见了师父和师兄弟们，我全都想起来了。当年师父教了我好些曲子，你想不想听？

见我一时没反应过来，她问，是不是太晚了？

"不晚不晚！"我赶紧掏出手机，打开录音功能。小满婶有些羞涩地朝我笑了笑，清了清嗓子，说，先唱一首《织十景》啊：

一织红日挂山顶，
白额猛虎奔出林，
鹿蹦兔跳鸡不叫，
风吹树动遍地青。
二织红云绕山腰，
碧溪春柳垂长条，
般般桃花红似火，
行人勒马过小桥。
三织枝头鹦哥叫，
天鹅声声冲云霄，
翠鸟啄鱼浅滩上，
海燕拍水浪花飘。

四织庭院繁花开，

勤劳蜂儿出复回，

蝴蝶穿花深深见，

蜻蜓点水软软飞。

五织水鸭翻筋斗，

闪闪龙门鲤鱼跳，

长须大虾八脚蟹，

乌贼公公顺水摇。

六织荷花映水红，

风吹香浮满堂中，

小孩喜摘莲蓬子，

笑煞岸上老公公。

七织北斗照星空，

牛郎长望天河东，

喜鹊搭桥渡织女，

一年一会喜相逢。

八织八仙去东海，

果老叫驴落船中，

国舅轻敲琅牙板，

仙姑唱得嘴皮红。

九织滚滚海洋中，

龙王坐在水晶宫，

齐天大圣闹东海，
虾兵蟹将都头痛。
十织苍松山岳高，
绿猴攀树摘蜜桃，
岭深无人野熊笑，
小小松鼠拖葡萄。

我沉浸在美妙的歌声里，出神了好一会儿，才想到鼓掌。这样如诗如画的民谣，我还是头一回听到。我敢肯定，这首民谣的作者有一定的文化水平，说不定还念过两年私塾。但就趣味而言，还是典型的江南乡土式的。不过，这样的结合真的特别棒，接地气，却不庸俗；有雅韵，却不酸涩。

小满婶在我一通热烈掌声的鼓舞下，又接连唱了《思郎歌》和《小孤孀》。

《思郎歌》类似于闺怨诗，只不过这里的情郎并非为了“觅封侯”而远离家乡，而是外出做生意，四处奔波：“正月是新年，小郎下四川”“二月姐在家，小郎上长沙”。留在家中的妻子无时无刻不在思念丈夫：“姐搬凳子南门坐，时时望情郎”“香袋没有绣起来，小郎还不来”“绣花绣不得……时时盼情哥”“双手打开绫罗帐，鸳鸯枕头两头放，缺少我的郎”“风吹身心冷清清，时时望情郎”。

从正月盼到冬月，妻子渐渐生出了怨气，责怪情郎忽悠了自己的父母，欺骗了自己："调戏了二婆家，去年说的什么话，失误了小奴家。"盼郎盼到腊月的时候，家家都在忙着过年，而自己家不光冷冷清清，粮食还没着落，真叫一个凄苦：

望郎望一年，望到腊月间，
望到头晕眼泪滴，绿裙揩眼泪。
望郎二十七，家中无柴米，
一家大小淌眼泪，着急是真的。
望郎二十八，家家把猪杀，
一杀年猪，二打糍粑，看郎是想家。
望郎二十九，我把长街走，
看郎太阳落了头，我也把家走。

大年三十了，情郎还是没回来，妻子无奈，只能独自忙着过年的事务。失望像无数只蚂蚁，啃噬着她的心。由此看来，这个贫贱之家的妻子对于丈夫的思念，不同于官宦人家的新妇，这种思念既是一种精神的需求，也来自现实困境的逼迫。这一点非常真实，也丝毫不会有损女主人公对于丈夫情感的真挚程度。所谓烟火人生，现实夫妻，就是这样一种唇齿相依、命运相系的关系。在老百姓眼中，从柴米油盐里生出的情感才是可靠的，永久的。

一直到大年初五，情郎终于回来了。此时，失望与委屈化作了满腔怒火，一向温柔贤淑的妻子再也忍不住了，直接开骂："骂郎一声你家娘，不回来看奴家。"

小满婶说，"你家娘"类似于今天的"他妈的""他娘的"，真真切切是骂人的话了。除了愤怒，我相信还有担忧，这么长时间不回家，莫非将奴家忘了，在外面有了新欢？这也是女人家常有的猜忌。此时妻子的心在滴血，她几乎可以认定，这就是他迟迟不归的真正原因。也许，这个猜测在她心里埋了很久了，像一粒种子，冷不丁破土而出，渐渐长成一棵幼苗。随着时间的推移，又一点点长高长大，终于冲破了她的心理防线，令她彻底崩溃。此刻，她早已有了面对残酷现实的勇气，她要的只是他的一句大实话，然后一刀两断，从此各自天涯。一个贫民女子面对负心汉时的决绝与勇气，着实令人感佩。因为她还有一双手，爱情并不是她生命的全部。

那个一直存在于女主人公思念里的丈夫，终于开口了：

奴家你莫骂，官司打天下，洋钱钞票用了一大把，没回来看奴家。

情节来了个一百八十度大转弯。歌谣就在这里戛然而止，就像福尔摩斯的侦探小说，在真相大白之际，画上了休止符。

再来看看这位可怜的丈夫：满世界打官司，根本没时间回家；钱花去了一大半，也没脸回家……直到这时，观众们才知道，这个男人的委屈有多大。官司缠身，心力交瘁；四处奔走，精疲力竭；思乡心切，却不敢回；没钱养家，羞愧难当。但他是男子汉，纵然在外面受尽欺凌，还是觉得愧对家人。知道家里没了收入来源，过得一定很艰难；亲人们尤其是妻子，定然对他又是思念又是担忧。所以他说“奴家你莫骂”，是劝慰也是讨饶，更是求和与宠溺。各种情感交织在一起，让人百感交集，又为他们由衷地高兴。人在，感情在，一切皆有可能，未来，幸福值得期待。

和《思情郎》的一波三折不同，《小孤孀》从头至尾，调子都是悲凉的，光听歌名，就感觉有股寒意直上脊背。

月亮弯弯照四方，照到世界路上，

十七八岁玲珑乖巧，小脚伶仃一个小孤孀，

可怜哪，一孤孀头上扎白、身穿麻衣，眼泪汪汪进孝堂。

……

叫一声丈夫喊声天，

青天啊，亲夫啊，可怜哪……

眼看得，天上七戳小星一个一个成双对，

哪晓得，我房中缺了我郎君，可怜哪……

……

三更里来在梦中，看见奴夫进房来，
披头散发，散发蓬头，
替我讲了一头两声，三头四声，
真心真意知心话，一醒转来还是梦一场。
四更里来四记锣，堂盘浪厢心里苦，
还记得，住在娘家辰光，
梳妆台上，拿了两块铜钱，
跑到上海滩上，十层楼对过，
红庙楼隔壁，逢到一个瞎眼风水先生，
大指头弹弹，小指头标标，
标得我一九二九，十八年帮夫运，
哪晓得，房中缺了我郎君，可怜哪……
五更里来天明亮，看见奴夫打东洋，
身穿制服，肩背枪，砰砰三响，
打倒六神无主，七颠八倒，
十恶不赦，叫爹叫娘，
打得那东洋鬼子，一个个团团转，
一醒转来还是睡床上。

十七八岁，正值青春年少，像一朵含苞待放的花蕾。一场血雨腥风，却直接让她凋零了。整首歌谣都是一种哭天抢地的悲嚎基调，再配上小孤孀单薄瘦小、披麻戴孝的形象，给人非常大的压抑感。小满婶演唱的时候，眼里是含着泪的。她认为这个没有留下姓名的作者，不是有过类似的经历，就是见识过这样的人生遭遇。

而让我关注的特别之处有两个，一个是小孤孀回忆未出阁时，有一次她曾在上海算过命。这段的本意是想说，女孩对未来有无限的憧憬。因为风水先生说她有十八年的帮夫运，她的命应该是非常好的。然而命运却捉弄了她，让她早早就失去了丈夫，失去了生活的依靠。但这个细节在我看来很有意思。这位小孤孀说，当年自己在梳妆台上拿了两块铜钱，跑去了上海滩。这里的“两块铜钱”应该是个虚数。很明显，她是拿了私房钱去的。这不仅让我猜测，说不定她还瞒着父母，和未来的丈夫一起偷偷去的。遇上风水先生的地址说得也特别详细，是“十层楼对过，红庙楼隔壁”。估计当时的上海滩，“十层楼”应该很少，这是个标志性建筑。那个风水先生是个盲人，只见他“大指头弹弹，小指头标标”，非常生动形象。我仿佛看见戴着瓜皮帽、身着长衫、戴着盲人墨镜的风水先生，掐着手指，口中念着“一九、二九”的专注样子，甚至听得到小姑娘“砰砰”的心跳声。那样的甜蜜瞬间，定格成永久的记忆，也加剧了日后的伤痛。

另一个特别的细节是歌谣最后一节，小孤孀梦见自己的丈夫在抗日前线奋勇杀敌，打得日本鬼子丢盔弃甲，屁滚尿流。这个梦告诉我们，小孤孀的丈夫是抗日英烈，他是为国捐躯的。虽然死得光荣，可是对家人来说，尤其对新婚的妻子来说，他的死，将一切的美好都带走了。

小满婶唱完，已是泪流满面。她说：“旧社会的女子，命运完全不掌握在自己手里，要比我们苦得多。我有一位姑婆就是年轻守寡，我感觉她好像不大敢在人前说话。家里没正劳力，她一个人又要种田，又要拉扯三个孩子，日子过得很苦。每年青黄不接的时候，她都会挑一担茅柴上我家来，我大大总是让她挑一担稻回去。我姆妈呢，老早就会挑几件旧衣裳旧棉袄，打个包袱，等她来了，就给她带回家，有的改改，给孩子穿。她总是千恩万谢，然后欢天喜地地回家去了。唉，自古寡妇总是人前矮三分，人后泪不断。”

夜渐渐深了，可小满婶的歌声似乎还在耳边回响。那一夜，似乎有什么东西，令我和她，两个完全不同世界里的女人，有了一种惺惺相惜之感。

十

立冬——乌龙尾巴翘上天

我的丈夫嗳！不能再去赌，你要再赌我要去我要去做尼姑。杀千刀，你要再去赌，我要找死路。哎哎呀，你裤子破了哪个给你补？

时序终于走入了寒冷主宰的世界。冬，终也。一年的乐章到这里进入了尾声。不过，此时的江南还是一派深秋的景象，仿佛高潮之后的余音绕梁，循环往复，激发了人们对于美好时光的留恋。

久无联系的胡叔突然打来电话，问我何时有空回一趟珠溪，说他有几个民谣的本子要给我，具体情况见了面再聊。我没有多问，但隐约觉得，事情有点蹊跷。第二天一早，便动身去了珠溪。

果不其然，事情比我想象中还要严重。前一阵胡叔因为咳血，到医院一查，肺部竟然有一个肿块，县医院化验的结果是恶性的，要他立刻动手术，然后还要进行多次化疗和放疗。胡叔得知结果后，沉默不语。那两个夜晚，他辗转反侧，想了很多。最后，他和女儿女婿说，年纪大了，手术就不做了，吃点中药，保守治疗吧。女儿含着泪答应了。她知道，父亲一旦做了决定，便不容更改。她更明白父亲的顾虑，除了年纪，家里的状况也摆在这里。是他们拖累了父亲。

然后，胡叔辞去了文化馆的门卫工作。他走的时候，馆里很多人不舍。知道内情的人，私下里发动捐款，仅两天时间，就捐了五千多元。

可是，胡叔坚持不要。他是个犟脾气，说一不二。馆长没办法，只能把这笔钱存着，待以后找机会再给胡叔。

我心里着急，立即拨通了罗长子的电话，因为我想到了一个人——郭磊。上次在珠溪的同学聚会上，我听郭磊曾经说起，他太太是省人民医院肿瘤科的护士长，整天忙得不着家。我和他联系不多，只知道他自己办了一个文化传媒公司。罗长子一向为人热心厚道，同学们都买他的账，这事交给罗长子去办，更合适。不出所料，很快，罗长子就搞定了省人民医院的床位，还定下肿瘤科主任亲自为胡叔主刀。

接下来，就是要做通胡叔的思想工作。对我而言，这项任务十分艰巨。左思右想，我想到了一个妙招。于是，我借了罗金花的车直奔芦渎，把小满婶接到了珠溪。为了不让马师傅起疑，谎称我在文杏别院请他们师兄妹们吃饭。事实上，我说的也不全是假话，耿正荣和徐坤生也请来了，他们都是来当我的说客的。

还真不可小觑了这些老头老太们。胡叔平常说一不二，那是因为没人能点到他的穴道。事实证明，老友们能。他们打出的一张张感情牌，足以让胡叔融化，“投降”当然不在话下了。

南飞燕也被我抓了差。我把胡叔给我的三本笔记本给了她，上面是胡叔几十年来记录和自创的民谣，有上百首之多。我对她说，这些都是宝贝，要让它们生出钱来。她立刻明白了我的意思。

媒体有时就是个发酵缸，放上几颗酒曲，就能让大米酿出美酒来。当然，前提是，我们提供的是优质好米，而非有毒大米。正因为媒体的力量强大，我们才更要把住方向。

在南飞燕的安排下，阳羡县融媒体中心的各个平台打出了一套组合拳，有关胡叔与民谣的报道在社会上引起巨大反响。许多人都注意到了报道中提到的民谣高手胡阿喜身患重病无钱医治，以及县文化馆职工自发捐款的情况。一些热心慈善的民间组织和个人通过媒体送来了捐款；胡叔退休前的单位，县交通机械厂，以厂工会的名义也送来了慰问金；胡叔家所在社区居委会的支部书记亲自登门，送来了居委干部和一些热心社区工作的老同志们的捐款。胡叔退休后的十年里，一直是社区工作最积极的志愿者，担任了社区关工委副主任和文体活动组组长。此外，什么文明城市创建、历史文化名城创建，凡是需要社区配合的中心工作，他都跑在最前面，大家也都特别尊重他。后来，女婿生了重病，他才不得不找了份停车场的工作。其后，他在县文化馆做门卫，口碑特别好，周边的住户都称赞他的人品。这让胡叔止不住老泪纵横。

有一天我去看望胡叔，正巧县文旅局一位分管副局长带着文艺科科长也去看望他。他们拿出一个看上去不薄的信封，表示了“组织上的一点心意”。然后，他们还提出想将胡叔搜集和创作的民谣汇编成册，作为一份宝贵的非遗资料保护和传承好。胡叔很意外，也很激动，却一时有些为难。他看了我一眼，对那位副局长说：

“很感谢政府的关心和支持，只是我把资料给了省里来的这位姚老师了，她也准备写一本关于阳羡民谣的书，我得征求她的意见。”

任何时候，胡叔都是个厚道人哪。虽然把球踢给了我，我心里还是很温暖的。只得微笑着解释说，这不矛盾，我们可以资源共享。

有一点是胡叔没有想到的，那就是他病倒以后，社会上所释放出的巨大善意。这极大地鼓舞了胡叔战胜病魔的斗志，他像一名老当益壮的老兵，在他女儿还有我和罗长子的护送下，毅然踏上了医院这个对他来说生死莫测的战场。

手术相当成功。但我们都知道，治疗才刚刚开始，接下来胡叔所面临的挑战，比手术更大。为了打好持久战，我和小满婶他们商量后，建了一个微信群，取名“珠溪歌友会”。

几位老人家拜儿孙们为师，不耻下问，终于学会了微信交流。每天，大家在群里互问早晚安，用语音聊天，说着自己一天的见闻，日常琐事，养生心得，天气变化，市场菜价……大到国际风云，小到穿衣吃饭，无所不谈。我没想到，几位老哥老姐不但非常能聊，还很风趣，经常相互调侃，说的那些方言俗语我好多都听不懂，但觉得特别有意思。

在这样的氛围里，胡叔开始了术后的康复治疗。

有一天我去看望他，在病房里我鼓起勇气问，除了《卖杂货》，他和小满婶还一起唱过哪些民歌？他虚弱地朝我看了一眼，明白他俩的故事我已经有所知晓，便坦诚地说，有一二十首吧，有些是师父教给她的，有些是我教的，这些歌都在我给你的本子上。他叹了一口气，我仿佛看见往事像涨潮的海水，正渐渐浸没他一颗沧桑的心。

“我印象比较深的是《耥稻山歌》和《鱼做亲》。你小满婶很聪明，一学就会，可就是表演起来总是放不开。”一丝不易察觉的微笑，在胡叔疲惫的脸上轻轻滑过，是那么动人。

我不能让他说太多的话，便打定主意回家后联系小满婶。这么一想，才发现她有两天没在我们的歌友群里露面了，我心中满是疑惑。真是心有灵犀，刚走出医院，就接到了小满婶的电话，她沙哑的声音和欲言又止的态度，让我的血压“噌噌”地往上升。我想，她不会是又一个胡叔吧。深深吸了两口气，我尽量用若无其事的口气安慰她说，什么都不用怕，办法总比困难多。

马师傅出轨？！

这个谜底让我啼笑皆非。也太荒唐了吧，一个七十多岁的老人，而且和小满婶这么恩爱，怎么可能呢？！

本来预备好了接受一颗重磅炮弹的轰炸，未曾想，却下了一场瓢泼大雨。

小满婶脸色苍白，仿佛一下子老了很多，说："我这张老脸都让他给丢尽了。家丑不可外扬，实在没人可以商量，只能请姚老师你帮拿个主意了……"

我从她带着哭腔的絮叨中，终于捋出了一点头绪：很多年里，马师傅一直偷偷和一个名叫陈冬妹的女人来往，私底下在经济上帮助她。而她却一直被蒙在鼓里。我非常能理解小满婶的委屈与愤怒，虽然这事和出轨不能完全画等号。可是哪个女人会容忍丈夫对自己的欺瞒，而且一瞒就是几十年？

平心而论，马师傅说大书挣的是小钱，这个家还要靠小满婶的退休教师工资和茶馆的收入来维持日常的开支。平时在钱的问题上，小满婶是大度的，马师傅挣的钱，都归他自己保管。

吃里扒外！奸淫不忠！小满婶给丈夫扣完这两顶大帽子，便十分决绝地说，这日子没法过下去了。

一大把年纪还闹离婚，让人笑话事小，对老夫妻的杀伤力太大了。我虽然没有“宁拆十座庙，不毁一桩婚”的老思想，但还是觉得此事不可莽撞。何况，事情的真相还不清楚。可是，这件事我出面总归多有不便。我想起前一阵听小满婶提到过，马师傅去芦渎附近的几个镇为我搜集到了一些民谣，于是我对她说，我就以这个名义去拜访一下马师傅。

众乐茶馆里热闹依旧。走在芦渎小镇的老街上，远远地就听见从茶馆里传出的马师傅的说书声，也铿锵依旧。一时间我有些恍惚，怀疑与小满婶的那番通话是否只是我的一个梦，总觉得如此浩然正大的气场背后，怎会有那些苟且之事？这其中或有隐情？当然，几十年的人生阅历，也让我对一切看似反常的事情见怪不怪了，毕竟如今的社会太复杂，诱惑也多，人们的观念也不比从前了。这么想着，一只脚已经跨进了茶馆。

除去少了热情温婉的女主人，茶馆内并无场面上的变化。小满婶住在女儿家有一段时日了，马师傅每天都要不厌其烦地回答老主顾们的询问：老板娘什么时候回来？也许他们和我一样，都觉得没了小满婶这道风景，茶馆就少了某种气韵。桌椅还是那些桌椅，壶还是那些壶，但茶馆却不再是之前熟悉的那个茶馆。

一句话，茶馆的魂没了。

台下的马师傅眉目间掩饰不住疲乏与沮丧。此前在电话里，他说老伴去了女儿家帮忙，委婉地回绝了我的拜会请求。我谎称人已经在阳羡，他才勉强答应。马师傅给了我几本镇志，还有一个歌本，上面是他根据一位当地唱春艺人的演唱记录的《劝夫戒赌》和《十二乪铜钱》两首歌谣。原来，马师傅一直对我心存感激，总想着找个机会表示一下。小满婶笑他太迂腐，说人家省城的大教授会在乎吃你一顿饭？帮着我搜集歌谣还是小满婶出的主意，马师傅听了，深以为然。所以，这几个月来，他一有空就到周边的几个乡镇转悠，拜访了几位曾经参与编撰过镇志的老朋友，搜集了几本记载着当地歌谣的镇志。

这真是让我喜出望外。马师傅说，现如今农村的条件也快赶上城里了，乡下老人平常的乐子，除了听戏看电视，就是搓麻将。几个老友在一起，边玩边聊天，既动了脑子，又相互做了伴，还有一点小小的输赢，所以吸引力真不小。你可别小看了这点彩头，它好比烧菜时放辣椒，那是用来提鲜的，只要那么一点点，整盘菜所有食物的味道，就都被激发出来了。但是不能多，多了就盖住了菜本身的味道，还叫人吃不消。搓麻将有赢就有输，这个道理大家都懂，所以乡下老人的彩头也就一角两角钱，纯粹为了找点乐子，消磨时光的。

“但赌博就不一样了，它就像毒品，叫人不能自拔，生不如死；还会连累家人，弄得家破人亡。”我接着马师傅的话往下说。

他表情凝重地点了点头："赌博在农村自古就有，'破四旧'之后消失了一阵子，改革开放以后又起来了。老百姓对赌博那真是害怕得不得了，都说它是杀人不见血的刀，但凡有点脑子的，都不会碰这个东西。"

我翻看着马师傅的那个本子，不觉被里面的歌词所吸引。《十二炁铜钱》是这样唱的：

第一炁铜钱穿绫罗，出门到处朋友多，
嬴则（了）铜钿买酒吃，输则（了）铜钿打老婆。
第二炁铜钱好运气，一场嬴到三千几，
嬴时好像苏州客，输时又像落汤鸡。
第三炁铜钱好伤心，敲冰洗菜冷冰冰，
旧年（去年）盖着红绸被，今年过冬盖布裙。
第四炁铜钱四块铜，十个赌鬼九个穷，
东村有个三官人，一身夏衣过三冬。
第五炁铜钱直苗苗，家有饭粮心欢笑，
棕树剥皮年年长，输了铜钱又懊恼。
第六炁铜钱想翻本，翻本如跌入烂泥愈是深，
爹要打来娘要骂，关起房门来收心。
第七炁铜钱房里蹲，望梁高挂一根绳，
一心只想寻则（着）死，恐忙（恐怕）后来会翻本。

第八趸铜钱八支花，六粒骰子一手抓，

骰子不是亲生子，掷来掷去不听话。

第九趸铜钱勿死心，心心念念想翻本，

祖宗坟地都卖光，未及翻本半毫分。

第十趸铜钱苦凄凄，又无柴来又无米，

老婆孩子送到娘家去，蟑螂饿到着天飞。

第十一趸铜钱望家乡，望望家乡哭一场，

高堂瓦屋卖把别人住，背捆稻草住庙堂。

第十二趸铜钱输则（得）光，阔少爷变成叫花郎，

一只破碗一根棒，背只箩头转村坊。

我走到别人家村上狗汪汪叫，人人个个骂我害四方。

这首歌谣，以一个阔少爷变成叫花子的故事，将一个乡间赌徒的遭遇特别是心态演变的轨迹，用短短的四百多字，刻画得入木三分。我感觉，如果不是亲身经历或者亲眼所见，是断不能写得如此出神入化的。这样一首歌谣对老百姓的影响力，恐怕要比很多官方宣传强百倍。

《劝夫戒赌》是一个女人伤心的哭诉，与其说是“劝”，不如说是哀求、威吓，甚至是横下一条心的以死相逼。不听演唱，光看歌词，就让人心酸：

姐呀在房中，气也气鼓鼓呀，怀抱着小把戏（小孩），

我劝丈夫！劝丈夫不要再去赌，哎哎呀，你要去赌一定要吃苦！

昨天晚上呀，你输脱了二百五，今朝仔，想翻本，反又多输脱了八百多，家里没钱还是要去赌。哎哎呀，家里没得摇钱树！

只剩下一间茅草屋，又要煮饭，又要搭铺，铺下还要养一头猪。哎哎呀，你睡觉它打呼！

我的丈夫嗳！不能再去赌，你要再赌我要去我要去做尼姑。杀千刀，你要再去赌，我要找死路。哎哎呀，你裤子破了哪个给你补？

令人意外的是，这首歌谣总的基调并非是悲凉的，相反，有着活泼与诙谐的色彩。更难得的，是塑造了一位十分可爱的小媳妇，在很短的篇幅里将她的情感变化描绘得十分到位。一上来，小媳妇就很生气，“气也气鼓鼓”，神态栩栩如生，生气的样子十分可爱。虽然很生气，但小媳妇仍然耐着性子对丈夫好言相劝，告诉他，赌博是要吃苦的。接着叙说丈夫为了翻本，今天比昨天输得还多，家里已穷得叮当响了。这时，小媳妇说的“家里没得摇钱树”“你睡觉它（猪）打呼”之类的话，让人又好气又好笑。她还具有天生的幽默感哩。

丈夫的一意孤行，家中的凄凉景象，让小媳妇不由得悲从中来。紧接着，情绪由悲切转为愤怒，她忍不住骂一声丈夫这个“杀千刀”的，你若再去赌，我便去做尼姑，不然就去寻死。这个时候，她的情绪已经到达了顶点。就在大家都认为她真要抛下一切再不回头的时候，却不料，她说出一句，“你裤子破了哪个给你补？”对丈夫的关切与不舍跃然纸上。歌谣在此戛然而止，却令人百感交集，唏嘘不已。

绝对不能责怪小媳妇心太软，毕竟一日夫妻百日恩。我更愿意相信，她是赌气才说的那些话。也许，经过她这样恩威并施的一番劝慰，她的丈夫能够幡然醒悟，从此夫唱妇随，勤俭持家，过上幸福的生活。

百姓创作、民间流传，决定了民谣始终是紧贴着百姓的喜怒哀乐的。这两首有关赌博的歌谣里，触及了自古以来民间风习中的一大痛点。我不明白，马师傅为何独独记录下了这两首歌谣，这其中难道也包含着他的隐痛？

马师傅用一个真实的故事，回答了我的疑问。

“我有个一同长大的远房表妹，她男人原先是隔壁村会计的儿子，一九八几年的时候，我们乡办起了化工厂，她男人就在厂里开货车。开了几年后，就买了一辆卡车，自己出来跑长途。那几年到处都在办厂，我那表妹夫的业务多得来不及做。跑运输虽然辛苦，但确实赚钱，我表妹也说，那几年是赚到了不少钱，还盖起了小洋楼。没想到，有一年冬天，表妹夫出了车祸，撞死了人，他自己一条腿也瘸了，家里的积蓄更是赔了个精光。你知道，跑长途基本都是连轴转，哪个不是疲劳驾驶。那一次是深夜，他开着车，居然睡着了。

“表妹夫干不了活了，家里也没钱了，表妹只能上织布厂当工人，三班倒，还赚不了几个钱。她男人整天在家喝酒骂人，还动不动打老婆，后来居然沾上了赌博，那个家更不成样子了。表妹是个要强的女人，这些事，如果不是他们村上我的一个同门师弟告诉我，我还一直蒙在鼓里。可即使这样，表妹也不愿离婚。她说，若离了，她自然解脱了，但她男人就死路一条了。你说说，这女人的心也太大了，真当自己是救苦救难的活菩萨呢！”

“马师傅，冒昧地问一句，您这位表妹是叫陈冬妹吧？”

马师傅猛地抬起头看着我，脸上的表情难以形容，吃惊、难堪、疑惑、无奈……比在舞台上还要丰富得多。愣了半天，迸出一句：

“她都跟你胡说了些什么？”

我憋住笑，说：“几十年夫妻了，您应该了解小满婶，她不是心疼钱。”

马师傅坐不住了，在屋里来回踱着步，像一匹焦躁的马。我有些后悔自己的冒失。

过了好一会儿，他才重新坐了下来，神情凝重地说：“我俩结婚都五十多年了，我是怎么待她的，她不知道吗！我也就是怜惜表妹过得不易，才出此下策的。她倒好，老了老了，居然疑心病重了，真是越活越回去了，唉！”

我在心里嘲笑小满婶是当局者迷，想起马师傅看自己老婆时候的眼神，这是骗不了人的。她真是庸人自扰。

“可您不该瞒着她呀，您不信任她，加上你和表妹年轻时候有过交往，难怪她要胡思乱想了。”

“这个死女佬，她怎么什么都往外倒啊！”

“死女佬”，是本地方言里，男人对女人的一种带有抱怨而保留亲昵的骂人话。

那么，女人骂男人，可不可以骂“死男佬”呢？不可以。因为在民间价值观里，男人向来是女人的“青天”。她们可以骂男人“讨债鬼”，男人再怎么努力，在生儿育女、含辛茹苦的她们看来，总是有许多亏欠的。

这段日子在阳羡，我从方言里了解了很多生活的内涵。只有真切地感知它们的来路出处，你才能解读民谣深处的那些情感密码。

马师傅的脸红一阵白一阵。他承认自己做法欠妥，但他和表妹的关系很干净。而且表妹是个要强的人，“接济”这事，起初她也是死活不肯接受。女人总是爱面子的，生怕给自己带来不干不净的坏名声。所以他就决定不告诉小满婶，免得横生枝节，也让表妹面子上过不去。

马师傅和他这位表妹曾是青梅竹马的恋人。小满婶告诉我，当初她和马师傅恋爱时，他就向她坦白过。两家虽然是远亲，却是近邻。表妹从小喜欢唱歌，而且一学就会。表妹的三叔公年轻时在太湖里跑运输，见多识广，爱唱小曲，表妹特别黏他，三叔公也喜欢这个乖巧伶俐的侄孙女。表妹常常带着表哥去三叔公家，看着老人家喝酒，听他讲一肚子的见闻，唱郎情妾意的小曲。只听得一对小人儿低着头，脸红成了两朵花。三叔公唱得高兴了，就会拿他俩打趣，说有朝一日你们俩成了一家人，我可是头功一件噢！请我喝六六三十六顿酒，请戏班子连唱三天大戏。

有一次，三叔公喝得有点高了，对他俩说，你们也听我唱了不知多少回了，今天你们也学一个，唱给我听听。唱得不好，可别出去说是跟我学的噢！

小马磨不开脸面，迟疑着不肯唱。表妹将他从椅子上一把拉起，说："男子汉大丈夫的，唱个小曲也把你难为成这样，以后不理你了！"

小马急了，连连说："我唱，我唱还不行嘛！"嘴翘得比鼻子还高的表妹扑哧一下笑出了声。

那天，他俩唱的是《耥青稞》。半个世纪过去了，小马成了老马，他已经不记得当年三叔公唱的其他歌谣了，但还记得这首《耥青稞》。

男：姐在园中削茄棵，
郎在田中耥青稞，
耥青稞来削茄棵，

哪有心思唱山歌？

女：耥青稞来削茄棵，

你快快丢掉心事唱山歌，

山歌唱得姐欢喜，

家中事体我来做。

男：耥青稞来削茄棵，

我哪有心思唱山歌？

家中八十岁老娘要饭吃，

十八岁小弟弟要老嫫（老婆）。

女：耥青稞来削茄棵，

你快快丢掉心事唱山歌，

家中老娘我来养，

十八岁小妹配给你做弟媳。

男：耥青稞来削茄棵，

我哪有心思唱山歌？

我衣裳脏了没人洗，

鞋子破了没人做。

女：耥青稞来削茄棵，

你快快丢掉心事唱山歌，

衣裳脏了我来洗，

清水洗来白水浆，

鞋子破了我来做，

浆浆补补我来做。

这首男女对唱很有意思，不是凤求凰，而是凰求凤，活脱脱一个倒追剧。而且，女儿家是如此直白、大胆。那种果敢泼辣的劲头，让人怀疑还是不是江南女子，倒有些东北大妞的味道。由此也可看出，阳羡女儿家并非柔弱善感的小女子，尤其是乡间贫寒人家的女孩，能吃苦，有担当，敢爱敢恨，敢说敢做，颇有当今职场女汉子的风范。又或者，女儿们从来就有这些气度与胆识，只不过在高门大户内被那些清规戒律扼杀了；而在乡野农家，这些天性反倒如野花野草一般，因为被忽视而得以保全。

还有一个有意思之处，就是这位男子一直在为柴米油盐和养家糊口犯愁，没有心思唱山歌；女子则恰恰相反，她觉得这些生存之事都不在话下，她愿意大包大揽，只要男子答应唱山歌。在她眼里，唱山歌这事的分量远远超过了柴米油盐。或许她觉得这是一种精神的寄托，而非茶余饭后的消遣。这样的认知，实在很具颠覆性，再一次震撼到了我，让我对阳羡女子更加刮目相看。

小满婶说，马师傅家和他表妹家后来因为宅基地有了纠纷，闹得不可开交，结下了仇，一对小恋人也被拆散了。我有些不解，听他俩的故事，可以明显地感觉到，爱唱这首《稍青稞》的表妹，应该也是一个有主见、有魄力的女子，却为何甘愿受命运的摆布，让自己抱憾终生呢？

我厚着脸皮向马师傅寻求答案。知道自己好奇心有点强，不过我掩饰说，为了帮他把小满婶劝回来，必须要了解事情的来龙去脉。马师傅没有戳穿我，或许往事触动了他，他也需要一位倾听者。

“你可能不知道，过去，在我们乡下，一般人家盖房子，那是一辈子顶顶重要的事，比讨老婆还重要。为了盖房子，一家人几十年省吃俭用。等房子盖好了，还要再背几年债。所以表妹她爹爹，也就是我的表姑夫，为了多赚几个钱，就动起了趁冬闲时节做点小生意的念头。村上的水生伯有个表弟，是乡供销社副主任，能搞到一些紧俏商品，表妹她爹就托他批到了十斤红糖，五斤油馓子。在我们这一带，红糖水泡油馓子，是女人家坐月子最好的滋补品。那年月，到处都在打击投机倒把，个人是不能做生意的。所以表姑夫不敢在本地卖，怕被人认出，就跑到武进县的雪堰桥去卖，虽然担惊受怕，倒是赚了些钱。”马师傅的叙述，带我走进了一段困顿的乡村岁月。

他接着说，那年过年前夕，表姑夫想着家家都在置办年货，就想多批些点心啥的买卖。那一次他拿到了二十斤铳管糖。这种糖现在不大见到了，是用蔗糖做的，大概三寸长一颗，里面可能还和着面粉，外面裹着一层芝麻，又甜又香，小孩子可喜欢吃了。表姑夫出门卖了一个多星期，夜里就睡在轮船站候船室的角落里，将装铳管糖的口袋紧紧抱在怀里。饿了，就拿出家里带来的杂粮饼，讨一点开水泡着吃。铳管糖掉在口袋里的碎芝麻，他也舍不得尝一口，想着过年回家，给小孩子们解解馋。

马师傅停顿了一下，表情变得凝重起来，我预感到出事了。

果然，他叹了一口气，说道："没想到，刚卖了两天，就出事了。原来，上一次他就被人盯上了，雪堰桥派出所将他抓了，押送回了芦渎，罪名就是投机倒把。表妹一家惊慌失措，乱成一团。还是表妹脑子灵，想起了三叔公。老人家摸着山羊胡子，沉吟了一会，指点了一条路：隔壁徐渎村会计郭顺金的弟弟，就在乡派出所当民警。表姑一听，像抓到了一根救命稻草，赶紧拿着准备过年吃的两斤猪肉、一条草鱼上了郭会计的门。没多久，表姑夫就回了家。第二天，郭会计将猪肉和鱼退了回来，还拎了两斤烧酒亲自登门，说是慰问，实则是提亲。"

马师傅说，经此一事，表姑意识到，他们这样的寻常人家确实要找个靠山。况且，受了惊吓的表姑夫一度神志不清，家里没了顶梁柱，以后的日子可怎么办？

"那时候，我和表妹已经商定偷偷去领证了，可表姑夫的事情一出，表妹身为家里的老大，你说，她还能怎么选？"马师傅的语调始终平和，但我知道，这种波澜不惊并非因为时过境迁，而是因为懂得。

这种造化弄人的故事也许太过寻常，但落在个人的头上，就是绕不过去的磨难。好在，善良的人总是将命运抛出的苦果酿成给予他人的甘霖，自己也在这种抗争中，活出了一种高度。马师傅、小满婶还有胡叔，何尝不是如此？

那天，我不由分说地将马师傅请上我的车，一同去了他女儿家，将小满婶接回了芦渎。

误会的冰释，固然有我的从中调解，但小满婶和马师傅毕竟有半个多世纪的患难夫妻感情，这样的磕碰，在日常的生活里，又算得了什么呢？

冬至——我想听见你的心跳

西汉王吉性廉洁，不图私利重亲邻。
爱妻摘取过墙枣，为酬夫婿报恩情。
立志清廉受玷污，小题大做要休妻。
东邻自恨酿大祸，要砍枣树来祸根。

冬至大如年，这是老辈传下来的话。冬至日，阴极而阳生，象征着光明与温暖开始一点点地回归。因而，冬至乃辞旧迎新的转折点。当日，敬天祭祖的浩大仪式，自《诗经》时代起，绵延了两千多年。而昼与夜的此消彼长里，蕴藏着世间万物阴阳转合的恒久定律。那是生命的大道，亦是古老的智慧。

小满婶告诉我，阳羡当地的老话说，“干冬至，湿年朝”。冬至是春节的晴雨表，又何尝不是来年希望与梦想的温床。冬至，是数九寒天的开始，而数九，是以阳春为终结的，因而，冬至，亦是向着春天进发的起步。

胡叔的治疗虽然艰难，却很有成效；小满婶与马师傅冰释前嫌，恩爱如初；罗长子的文杏别院成了县里的特色民宿示范点，民谣表演成了他们的一个品牌。还有一个好消息，在县政府的重视下，阳羡说大书正在申报省级非遗项目，我请老同学、省文旅厅非遗处副处长潘宁务必帮忙促成此事。他说，竞争十分激烈，但他会尽最大努力。

一切似乎都在向着好的方向迈进。在这个万物凋敝的寒冷时节，新生命的暗流也在地下滋长、涌动，等待着有朝一日破土而出。

小满婶随我回了省城，去探望住院的胡叔。原本，胡叔的术后治疗只要在县医院做就行，但郭磊的夫人考虑到他年纪大了，很可能吃不消化疗与放疗，就安排了他们医院的中医康复治疗，不但更安全，还因为是辨证施治，有时往往会有奇效。这一点在胡叔身上得到了应验。郭夫人还依据医院的有关规定，为胡叔申请减免了部分床位费。

胡叔比上次看着精神了许多，或许是因为听说小满婶也要来。见他把自己收拾得面貌一新，我暗自发笑。忆起上次临行前，向马师傅请假，他忙一口答应的讨好样子，也颇有趣。他们这代人对感情的态度，深爱而不狭隘，珍惜而止乎礼，真的令我辈心生敬意。他们不过是最普通的乡民，文化不高，却有如此境界，这也让我对民谣，对阳羡这块土地心生敬意。

小满婶此次来，除了探病，还要完成我交办的一项任务：和胡叔排练两首对唱民歌。我知道，有了这项任务，小满婶才真的愿意来省城，我也有了让他俩单独叙谈的理由。

胡叔的面色一天比一天红润起来，小满婶绝对功不可没。

对他俩来说，没有什么比彼此珍重更重要的了。

省城这两天连降大雪，一片银白的世界虽然寒冷，却回归了纯净。就像这两位老人，历经风霜，内心却变得愈加平和、单纯。他们一起回忆往事，述说各自的遭遇。但更多时候，他们互相鼓励，要把身体养好，把日子过好，让亲友们不为自己担心。在他们眼中，身体早已不再只属于自己，为他人而活，是生命最高的荣耀。

春节前，胡叔出院了，我买了件暗红色的毛衣送给他。按照阳羡的风俗，父母病愈出院，女儿要为其从头到脚换新衣，俗称“换毛水”。这是我无意间听小满婶说起的。我知道，胡叔的女儿一定不会忘记给父亲买新衣，而我，和胡叔交往了这么长时间，也早已将他视作了长辈。我希望往后的岁月，他能平安健康，诸事顺遂。

元宵节过后，天气渐渐暖和了，罗金花突然联系我，说开春了，想邀请胡叔来文杏别院住一阵子。乡下空气好，地气足，就当是来疗养了。我怕胡叔不肯，就问金花，可否派些活儿给他。她在电话那头笑出了声，说姚老师不愧是知识分子，什么也瞒不过你。我就是希望胡叔能来给我指点一下，如果肯收几个徒弟，那是再好不过了。

有了这个差事，我很快将胡叔接到了别院。他的两位师弟，徐坤生和耿正荣，隔三岔五地过来看望他，老哥们聚在一起，有说不完的话。还有赵姨，同在一个村，经常会带些自己做的小菜和点心，来给哥几个尝尝鲜，然后悄悄帮胡叔把衣服给洗了。

雨水节气那天，胡叔他们正式开班课徒。学员有近二十位，来自云湖镇各村、社区及一些企事业单位。培训班由镇文化站和文杏别院共同举办，镇里希望将民谣表演打造成当地的特色文化，和乡村旅游的新亮点。课程是胡叔根据师兄妹们的意见拟定的，以教授演唱技巧和介绍经典民谣为主，包括阳羡民谣的基本曲调，如何选择曲调以及变调，等等。胡叔当然是主讲，师兄妹们负责现场表演，时不时地，也对胡叔的讲授进行一些补充或更正。授课课堂气氛轻松活泼，学员们参与的积极性很高。

开班那天，小满婶也来了，还在文杏别院住了下来。她不光参与授课，还担当了摄影摄像任务。小满婶把开班的短视频发在了她的微信公众号上，马师傅的粉丝们像发现了新大陆，纷纷转发，不到半天，点击量就突破了五千。罗金花的文杏别院微信公众号也转发了，半天的点击量也达到了三千。

话说那个开班的短视频，也的确“拿人”。此处的“拿”，在当地方言中，是“吸引”的意思，但我觉得，比后者精彩得多。人一旦被“拿”住，便不由自主，只能言听计从。这样的语言，肌理远比“吸引”来得丰富。

短视频是在文杏别院的门前拍的。远处是如黛青山，近处是翠色竹林，左边是参天银杏，右面是蜿蜒小溪，别院古雅的大门上挂着大红灯笼，庭院里格窗素静，石径通幽。在这样一处雅致的江南民居前，唱一曲淳朴悠扬的江南民谣，就像用清冽的山泉泡上一杯阳羡茶，那滋味，自然格外熨帖而绵长。

胡叔、小满婶、赵姨和耿正荣的联袂登台，将一曲《远亲不如近邻》唱成了声情并茂的表演唱。四位老人像是多年的老邻居，又像两对稔熟的老夫妻：

西汉王吉性廉洁，不图私利重亲邻。
爱妻摘取过墙枣，为酬夫婿报恩情。
立志清廉受玷污，小题大做要休妻。
东邻自恨酿大祸，要砍枣树来祸根。

显然，这是个颂扬邻里相亲的故事，不过情节有点出人意料。这个王吉，还真是刷新了我的认知。我不认为他是小题大做，他是过分爱惜自己的羽毛。爱惜羽毛本没有错，但一旦过头，就是自恋，就会走向薄情。东邻要砍树，那也是被他逼的，否则一辈子心难安呐。故事一开头，戏剧冲突就异常尖锐，且看下面如何发展：

乡亲闻讯众人劝，十年植树非易事。

相敬如宾好夫妻，多年恩爱当自思。
做事好好多思量，和睦相处乐久长。
四邻相劝有道理，从此两事各相让。

众人的话说得才在理，让我也心服口服。双方都有了台阶下，此事就此圆满解决。但歌谣的作者并不想就此结束，于是搬出了著名的“六尺巷”的典故来，继续教诲百姓：

大官寄来诗一首：
“千里家书只为墙，让他三尺又何妨？
万里长城今犹在，不见当年秦始皇。”
对人胸怀要宽广，解决矛盾靠谦让。
感动叶家也后退，六尺巷道成美谈。
退一步风平浪静，让三分海阔天空。
严以律己少争气，心胸开阔少烦恼。
遇事谦让加和解，远亲不如近邻好。
事事关心与他人，道德修养惠自己。

一个小故事引出了一大段的道理，可见作者多么好为人师。放在当今，或许人们早就不耐烦了，在一个文化水平普遍较高的社会，说教是不招人待见的。但在文盲遍地的时代，底层的老百姓非但不会排斥，说不定还很受用。所以说，民谣在过去，还担当了地方政府社会矛盾调解中心或者社区居委的职责，真可谓责任重大啊！

按照我的理解，短视频的“拿人”之处，不在于那些苦口婆心的道理上，而在于新颖的表演形式上。这短视频的意外走红，也让胡叔见识了网络的巨大威力，更对民谣的传承和弘扬有了新的想法。

春雨贵如油，春雨润如酥。春属木，木之生长必赖水。因而，春雨是上苍派来的育婴师，在她密密缝斜斜织的细雨柔衫下，春天如婴儿般一天天长大。

珠溪的冬季本来就不萧瑟，遍地的常绿树木只是将叶子的颜色变深，仿佛穿了件御寒的冬衣。田园里，麦苗是绿的；纵横交错的河网中，水是绿的。走进农家的菜园，那里的绿色更是深浅不一，变化多端：深绿的是塌菜、菠菜；翠绿的是上海青或叫苏州青，北方人称油菜，还有水芹、药芹；浅绿的是大白菜，此地也称卷心菜，还有白芹，根茎雪白，顶端缀着嫩绿或嫩黄的细叶。白芹据说是溧阳特有的一种水芹，近几年，紧临溧阳的云湖镇也开始大面积种植，光珠溪就有几十亩。

所以说，冬天的珠溪，在寒风的威逼下，只是将色彩稍做收敛。而一旦春阳暖照，再下几场毛毛雨，那只调色的手便再也把持不住，即刻挥舞起来。此时，举目四望，鲜嫩的绿、淡淡的黄，已然星星点点，渐成燎原之势。看过了这个古村的四季，我早已将它引为旧识。

南飞燕突然打来电话，说想邀请胡叔他们师兄妹还有学员们，上省卫视做个访谈节目。她的嗅觉可真灵，对我来说倒也正中下怀。南飞燕说，她也转发了小满婶的那个短视频，点击量居然一天就上了八千。没办法，她的朋友遍天下。有好几个媒体同行请她帮约稿，她觉得省卫视必须上，至于那几个纸媒，完全可以用电视访谈的内容。她问什么时间合适，我说等培训班结束之后吧。

自从听说要上电视，学员们个个兴奋异常，学习的劲头更足了。倒是几位老师显得有点忐忑，担心自己不会说话，普通话又说不好，搞砸了可怎么办？我安慰他们，有编导和主持人在，又是录播，说错了，可以重来，不用担心。胡叔倒显得十分镇定，师兄妹们不约而同地将任务推给了他，说让他全权代言。胡叔可不干，说要出丑大家一起出。老哥老姐们又是一番唇枪舌剑，我和罗金花在一旁抿着嘴尽看热闹，罗大掌柜说这叫“火着巴好看”。

十二

春分——江河终将流进血管

东洋大海闹哄哄，

花花媳妇嫁老公。

青鱼鲤鱼做媒人，

嫁给金鱼小相公。

乌鱼做了老阿婆，

鲢鱼当上亲家公。

蛤蜊壳壳当衣箱，

海螺壳壳做马桶。

……

录制节目那天，正值春分。

《春秋繁露》说：“春分者，阴阳相半也，故昼夜均而寒暑平。”春分，时序又走到了一个新的平衡点。此时天地均和，万物谐适，一股蓬勃之力正冉冉而生。

节目现场，胡叔侃侃而谈，虽然普通话不标准，但并不妨碍发挥。我没有想到，他的口才这么好。当初，拿到节目组给的访谈提纲后，他和我也讨论过，我还为他梳理了一个稿子，其中包括自己对民谣的一些看法。我没想到，胡叔讲得比这个稿子更好，用的完全是他自己的语言，朴实而生动，其中蕴含的道理说得直白，却耐人寻味。我印象最深的是，他说歌谣对于老百姓来说，是先生，教给他们天地万物的学问，做人做事的道理；又是至亲，陪着他们哭，和他们一起笑。人活在这世上多有不易，亲朋好友，有福可以同享，有难却很难同当。那些无人可诉的心酸和苦处，可以在歌谣里唱上一唱，心里也就舒坦了许多。

访谈开始的时候，胡叔和小满婶一起表演了男女对唱《鱼做亲》，那是他俩去年冬天在省人民医院时就开始排练的一个节目，也是我翘首期盼已久的重头戏。

男：东洋大海闹哄哄，
花花媳妇嫁老公。
女：青鱼鲤鱼做媒人，
嫁给金鱼小相公。
女：乌鱼做了老阿婆，
鲢鱼当上亲家公。
男：蛤蜊壳壳当衣箱，
海螺壳壳做马桶。
女：鳗鱼黄鳝做轿工，
鳊鱼鲫鱼当陪宴。

男：龙虾大虾烧出火，
浑身烧得红通通。
女：甲鱼背上办喜酒，
蟹壳当作板凳用。
男：银鱼当作象牙筷。
蛳螺壳壳当酒盅。
男：大嘴鳜鱼吃菜凶，
女：十碗吃到九碗空。
男：鲶鱼气得瘪了嘴，
女：两条胡须翘松松。
女：雌虎鱼生来就忠厚，
男：只会气到心口痛。
女：鳘鲦鱼去请医生，
男：请来一条小昂公。
合：急病请来慢郎中，
三针一打就送终。
白鱼全家来穿孝，
鳑鲏鱼哭到眼睛红。

“哈哈哈哈……”

访谈，在一片笑声中开启。

这是我听过的最富想象力的歌谣，也最诙谐有趣，充满烟火气息。如此水灵灵、活泼泼、火辣辣的气韵，实在让人着迷。访谈结束前，几位老师和学员携手登台，共同演唱了一曲《十劝人》：

天上星星亮晶晶，世间为人要光明，
劝人为善唱山歌，今朝特唱“十劝人”。
第一要劝做官人，做官本是为百姓，
切勿贪赃来枉法，赏善惩恶要分明。
第二要劝有钱人，住着高楼勿忘篾，
乐善好施济贫苦，一生勿忘乡人恩。
第三要劝经商人，秤平斗满心公平，
老少无欺做生意，财源茂盛和气生。
第四要劝众乡邻，银亲眷来金乡邻，
一家做事勿担忧，前村后巷齐帮衬。
第五要劝老年人，疼爱小辈是天性，
教养不当父母过，娇生惯养害子孙。
第五要劝少妇人，孝顺公婆敬双亲，
丈夫不正好言劝，贤妻孝媳传美名。
第七要劝年轻人，刁朋恶友不接近，
若有失足快回头，知错必改莫灰心。
第八要劝孩童们，功课勤学学本领，
壮秧好稻结饱谷，树大叶茂要靠根。

第九要劝出门人，妓院赌场切莫进，
误入歧途败家当，害老害小短寿命。
第十要劝劝世人，步步着实事业振，
行则（了）好心有好报，一失足成千古恨。

演唱前，主持人问，为何选择这样一首歌谣，胡叔说：

“过去在乡村，很多人因为家境贫寒，没有机会上学堂念书识字。做人的道理，除了父母长辈的言传身教外，还会写进民谣，通过传唱来教育乡民。事实上，这样的方式更加吸引人。这和听书看戏一样，让人在不知不觉中就受到了教育。”

主持人接着问：“所以说，民谣在乡村社会还担当着教化的职责。这种寓教于乐的方式犹如春风化雨，润物无声。不过，今天这个时代科技飞速发展，人的观念更加开放多元。你觉得现代人，特别是年青一代，还会接受这些农耕社会的道德理念吗？”

胡叔沉思了一会，说：“我说不出什么大道理。但我想，社会要进步，人就要更加文明，而咱们老祖宗所说的‘仁义礼智信’‘温良恭俭让’，就是要引导大家向上向善，做文明人。所以说，时代再怎么发展，老祖宗留下的很多做人的道理，仍然是对的。我看《十劝人》里说的很多劝人为善的话，今天仍然说得很在理。这几年，咱们国家一直在提倡要将传统文化发扬光大，我觉得这些道理就应该教给年青一代，而且要一代代地传下去。”

一个值得高兴的好消息是，县文化局正式聘请胡阿喜为“非物质文化遗产保护委员会顾问”。

那本大红封面的烫金证书，胡叔拍了照在微信上传给我，看样子他是非常开心的。

真好。我为胡叔高兴。

尾声

山河的口碑，岁月的见证

阿妹啊两生两世么太短暂，
好比是黄梅天落的阵头雨，
阿妹啊你歇歇吃口茶，
让阿哥来唱了今生唱来生，
阿妹啊今生来生也唱不够，
阿哥我借你三生来表衷心，
三生三世也唱不够，唱不够，
阿妹你可知晓阿哥放不下的心。
……

“布谷——布谷——”

在一声声婉转悠扬的叫声中，又一年谷雨到了。我在省城的寓所里埋首写作那本有关民谣的书，心，却时时在阳羡的大地上游走。看着窗外连绵的细雨，想象着它们在珠溪的原野上随风摆动的优美曲线，那些被它们浸润后的绿叶、禾苗还有花朵，像被上了一层薄薄的青釉，泛着晶莹的光泽。

一阵手机电话铃声打断了我的思绪，视频那头是小满婶兴奋的脸庞。她告诉我，马师傅接到了县非遗办的通知，他已被认定为省非遗项目阳羡说大书的传承人，一周后举行挂牌仪式，她希望我能来参加。她还说了一个令人惊讶的消息：胡叔他们师兄妹，也会带着一批新学员来捧场。

自从胡叔他们上了省卫视的访谈节目，如今也成网红了，许多来阳羡的游客，都会慕名到文杏别院看他们的演出。他们也正式成立了歌友会，取名“阳羡歌谣会”，县政府通过县民间文艺家协会给予了他们一定的资助，云湖镇政府在镇文化中心专门给他们安排了一间排练室。

挂牌那天，众乐茶馆里热闹非凡，好戏连台。但在我眼里，最精彩的一出，则是胡叔与马师傅的相见。当两双粗壮的大手紧紧握住的时候，我从仅有的一声“恭喜！”和“谢谢！”里，听到的是两位历尽沧桑的男人间的惺惺相惜。

有一段时间，他们相邀出去走走。我终于看到了他们走在一起的两个背影，胡叔略瘦，背有些驼；马师傅略高，腰板还笔直的。他们走走停停，指指点点；时而对视一笑，时而彼此点头。看上去就像一对失散了多年的亲兄弟的久别重逢。

人生哪，转瞬就是百年。经历了那么多的沧桑，留下来的碎片，都凝聚成了口口相传的民谣。那又何尝不是山河的口碑，岁月的见证。

突然想到，在我搜集的那些代代传唱的民谣里，有一首叫《借三生》：

阿妹啊你唱东唱西唱一生，
还未唱到阿哥我牵挂你的心，
阿妹啊你唱南唱北唱两世，
还未唱到阿哥我要娶你的心，
阿妹啊你唱到青丝白头天也老，
还未唱到阿哥我要和你共白头的心。
阿妹啊一生一世么太短暂，
好比是夏夜天空飞流星，
阿妹啊两生两世么太短暂，
好比是黄梅天落的阵头雨，
阿妹啊你歇歇吃口茶，
让阿哥来唱了今生唱来生，
阿妹啊今生来生也唱不够，
阿哥我借你三生来表衷心，
三生三世也唱不够，唱不够，
阿妹你可知晓阿哥放不下的心。
……

从字面上看，唱的只是海枯石烂的男女爱情，但我从那婉转、激扬的腔调里，分明还是感受到了他们对天地、山河、人生的挚爱。

此前，众乐茶馆和文杏别院有了一个相同的牌子：阳羡民间文化会客厅。字是罗长子请县里的一位书法家朋友写的，厚重古朴、力透纸背。

我还意外地结识了一位“传说”中的人物：陈冬妹。小满婶因为有演出，那天在茶馆里忙着招呼客人的便是她，很多新客人还将她误认作了老板娘。

陈冬妹虽然很老了，但细细端详，还能看出当年她就是个美人坯子。她细声细气的，对所有人都绽放着一个温暖的笑容。

我坐在后排静静地听着舞台上悠扬的歌唱，想象着这些饱含民间智慧的音符，如绵密的春雨，亲吻着每一片树叶，每一朵鲜花，每一寸泥土，每一间农舍……民间歌谣，就是从广袤乡土上蒸腾而出的清气，它们在高空凝成甘霖，然后反哺大地，滋养生灵。

忽然，一个多日来苦思不得的书名跃入脑海：《心谣》。我相信，罗长子听到这个书名，一定会很兴奋，说不定，接下来就会制定新书推广的计划。我要建议他在阳羡举行新书首发式，邀请胡叔他们师兄妹，马师傅、赵姨、罗金花还有凤玉和她娘都来。因为，这本书是他们和我一起共同完成的，字里行间都有他们的情感和面影。对我来说，这一段经历和书写，于生命是契阔，于眼界是开阔。我发现自己已经深深爱上了这块土地，也爱上了相知相遇的那些质朴敦厚的人们。那么，蘸满我心血的文字，就算是我奉上的一点小小的回报吧！

深深地，为这块钟情而神奇的土地和人们祝福。

作者的话

多年来，我一直在地方报社从事文学副刊编辑工作，在宜兴这座文脉绵长的江南小城里，我就像误入桃源的幸运儿，醉心地徜徉于它历史文化的天地里，俯仰之间，皆有所得。历代文人贤达的才情与抱负令我折服，来自民间的智慧与创造亦令我震撼。这其中，就有极富地方特色的民歌民谣，以及三跳道情、宜兴说大书等民间文艺。后来，我读到了一套让我叹为观止的文集，十一册的《宜兴市非遗普查资料汇编》，林林总总，其中所记载的地方歌谣尤其让人着迷。这些流传于宜兴各地的民歌民谣，就像长在故乡原野上的禾苗与树木，汲取了土地的丰富养分，生动，鲜亮，蓬勃，恣肆。

这些歌谣的讲述人，有乡镇文化站站长，村委会计，企业老板，退休教师，营业员，民间艺人，工人，还有农民（包括渔民），等等，几乎囊括了乡村所有的职业。他们中，农民和教师最多，前者多为传唱人，后者多为歌谣的搜集、整理者。这些讲述人普遍都有了些年纪，文化程度自然也参差不齐，从大学本科到目不识丁者都有。但他们无一例外地爱上了那些充满泥土气息和民间趣味的歌谣。是一种什么样的魅力，让乡村的各色人物都对这些歌谣如此欲罢不能？正是这样的好奇心，让我走近它们，走近一批传唱者和讲述人，一探究竟。

在长长的讲述人名单中，我看到好几个熟悉的名字，他们是报社的老通讯员，也是当地人文历史的活辞典。许多年里，我虽是他们的编辑，他们却是我的老师。他们教会我读懂家乡这本博大的书，激发出我身为宜兴人的骄傲。因为歌谣，他们成了我首批采访的对象，之后又带领我认识了更多的歌谣传唱者、讲述人，他们的故事和那些歌谣一样感人至深，引领我行走于阳羡大地，倾听从时光深处传来的生命乐章。

经过广泛的田野调查，我渐渐领悟到，民间歌谣，和民间传说、民间谚语等众多民间艺术一样，是根植于风土的、最为亲切的乡间表情，蕴含着一地的风土民情和人生百态，乡民们的欢愉与苦难、吉祥与喜庆，祈盼与念想……让民间歌谣有了最丰富的肌理和温度。它们的生命强盛而脆弱，根不死，枝却难伸。在社会底层的旮旯里，有一些上了年纪的老人唱起它们的时候，就像观照自己或祖辈长长的背影。更多的时候，它们以沉默的方式宣示存在，当我们偶尔触摸到它们的肌理时，苍凉的声线里，突然会有岩浆般的灼烫。原来，它们就是我们祖先的生命温度。它们被大地佑护，却又被时间稀释，但最终它们活下来了，因为它们还是千万苍生的心灵参照，它们用自己的蓬头垢面留住了过去的光阴，我们却读到了它们曾经的豆蔻年华。

那些接受采访的传唱者、讲述人给了我莫大的帮助，却大都不愿以真名实姓出现在我的作品里。我尊重他们的意愿，于是让两个虚拟的民间人物穿梭其间，以他们的身世串联起那些动人的歌哭与篇章，构成了一道道江南民间风景。因而，这也是一次新的尝试，意图打通虚构与非虚构之间的隔膜，以散文体的方式，书写江南民间普通百姓的悲欢离合、情感命运，也留下他们在特定岁月里的生命印记和文化基因。

将近十个月的田野调查和写作，于我是一次全新的跋涉，所幸在耐力和书写难度上，并没有出现我所担心的情况。我想最重要的原因，是那些歌谣和它们背后无数的人们在激励着我，保佑着我。同时，这本小册子也凝聚了很多师长朋友的心血。在此，要感谢江苏作协对我的大力扶持和热情关怀，特别要感谢省文艺评论家协会主席、省作协副主席汪政老师。汪老师是我国著名文学评论家，茅盾文学奖、鲁迅文学奖资深评委，也是我多年来十分敬重的文学前辈，他欣然为本书作序，是对我莫大的鼓舞与鞭策。感谢江苏凤凰文艺出版社，张在健社长在得知本书的创作计划之初，便给予了充分的肯定与热切的期许，这正是我创作的重要动力；还有文化出版中心主任张黎老师，她亲自担任第一责编，不仅为书的编辑出版倾注了太多精力，其专业独到的眼光也让书稿化蛹成蝶，实现了较为理想的呈现；姜业雨编辑为书的出版做了大量具体的工作，他的敬业与务实令人感佩。感谢河海大学的陈润楚老师，她的插画丰富和深化了书的语言表达，也让作品的风格更加鲜明。

还要感谢亦师亦友的徐风老师，在创作过程中一直给予我信心和指点。还有我的家人与朋友们，你们是我坚强的后盾。所以，我想把这部作品奉献给所有关心我的师长与亲友们，更要奉献给我的家乡宜兴，它养育了我，更给了我巨大的书写空间与创作激情。将来，如果我在文学的道路上还能继续迈进，那一定是源于故乡深情的召唤。情的召唤。

戴军

壬寅年夏至于阳羡

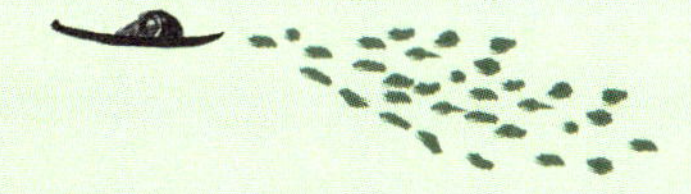